脚本:大北はるか
ノベライズ:蒔田陽平

ナイト・ドクター(上)

JN118468

扶桑社文庫
0740

本書はドラマ「ナイト・ドクター」のシナリオをもとに小説化したものです。小説化にあたり、内容には若干の変更と創作が加えられておりますことをご了承ください。

なお、この物語はフィクションです。実在の人物・団体とは無関係です。

1

夜——。
それは、誰にでも一日一回訪れる。
不安で、眠れない夜。
孤独を、何かで埋める夜。
とろけるような、甘い夜。
現実を忘れようと、はしゃぐ夜。
誰しもが、当たり前だと思っている。
どんな夜も、やがて明けることを。
朝がまた、やってくることを——。

＊　＊　＊

凍てつくような朝の空気に不穏なサイレンを響かせ、横浜の街を見下ろす高台を救急車が上っていく。

眠たそうにあくびをしながら、深澤新は通りすぎていく救急車を目で追った。前方にそびえる巨大な建物、柏桜会あさひ海浜病院に吸い込まれるように白い車は消えた。

深澤が病院裏口から入ると、救急医の根岸進次郎が救急隊員から患者を受け入れているところだった。救急隊員が切迫した口調で根岸に告げる。

「六十代、女性。自宅で意識喪失。直後より痙攣が継続しています」

当直明けなのだろうか、疲労をにじませた表情の根岸がストレッチャーを押していく。人ごとのようにその様子を眺めながら、深澤はつぶやく。

「今日も大変だな……救命は」

「今、日本の救急医療はこれまでにない深刻な人手不足に悩まされています。そしてこれは、我々柏桜会グループにとっても、決して人ごとではない由々しき問題であります」

ホテルの大会議室に落ち着いたバリトンの声が響く。

医療法人・柏桜会グループの定例会議。テーブルの中央に座る会長の桜庭麗子が、スクリーンの前に立ってプレゼンするあさひ海浜病院院長・八雲徳人を不審そうにチラと見やる。その視線を意識しつつ、八雲は続ける。

「医者の善意や熱意を頼りに過重労働を強いるのは当たり前。そんな環境では、患者の命を奪う医療ミスにつながりかねません。患者を守るためにも医者の労働時間を制限し、働く環境を整えることは急務です」

たまらず麗子が口をはさんだ。

「そんなことはわかりきっています。さっきから何をおっしゃりたいんですか？」

「当院、あさひ海浜病院ではいち早く試験的に大規模な勤務体系の改革を行いたいと思います。まず当院に所属する医者の当直を全面廃止します」

スクリーンに『当直全面廃止』の文字が大きく浮かび上がり、会議室が騒然となる。グループのほかの病院の院長たちから次々に質問の声があがる。

「夜間の患者の受け入れはどうするんですか？　入院患者が夜間に急変した場合は？」

「そちらの売りである二十四時間診療はあきらめるということですか？」

八雲は落ち着いた声音で続けた。

「当院が創業以来掲げてきた『二十四時間三六五日、どんな患者も受け入れる』という理念をあきらめるつもりはございません」

「では、どうやって？」と麗子が問う。

「そこで新たに夜間勤務だけを専門に行う救急医を募集し、育成したいと思います。その名も――」

「ナイト・ドクター!」

「……は?」

朝倉美月《あさくらみづき》はテーブルの向かいでキョトンとしている恋人に、「何その反応」と口をとがらせた。「せっかく彼女の新しい就職先が決まったのに、うれしくないわけ?」

三月末、新年度が始まる直前にようやく次の職場が決まったと美月から連絡を受け、ちょうどいいタイミングだとお高めのフランス料理店に予約を入れた。

しかし、美月はのっけからテンション高く新たな仕事について語りだし、久しぶりのデートだというのに甘いムードになどなりはしない。

「ちょっと待て……」と佐野大輔《さのだいすけ》はたった今、美月が説明したことを頭の中で整理する。

「え、真夜中に働くってこと?」

「だからそう言ってるでしょ? 夜間に運ばれてくる急患をバンバン受け入れて、救う仕事。ホント最高な仕事に巡り合えた!」

そう言って、美月はビールのようにシャンパンを一気飲みする。

「……」

「ホント最悪だよ……」

両手にいくつもの買い物袋をさげた深澤が、隣を歩く妹の心美《ここみ》に愚痴っている。

「ナイト・ドクターとかカッコつけて言ってるけどさ、要はただの夜間勤務だからな。夜は変な患者が多いって聞くし、生活リズム崩れるし……最悪」

「なんで内科のお兄ちゃんがやることになったの？」

「あのタヌキじじいのせいだよ」


研修医を終えたばかりの新米医師にタヌキじじい呼ばわりされていることなどつゆ知らず、院長室に待望のゲストを迎え入れ、八雲はご機嫌だ。

「なんとかメンバー五人、集めたよ。これで約束どおり、指導医を引き受けてくれるね？」

本郷亨《ほんごうとおる》は渡されたプロフィールにじっくりと目を通してから、八雲に答える。

「何人残るかわかりませんが、それでもよろしければ」

もちろんだとばかりに八雲はにっこりうなずいた。

「夜間勤務なんて募集したところで、やりたがる医者なんていないからな。ただの人数合わせだよ、人数合わせ！」

延々と続きそうな兄の愚痴をやめさせるべく心美は言う。

「八雲院長の頼みなら仕方ないいんじゃない？　私の病気のことで長年お世話になってるわけだし」

深澤の妹、心美《ここみ》は血管が炎症を起こす難病を患っており、幼少時からあさひ海浜病院に入退院をくり返しているのだ。

黙ってしまった深澤に心美は続ける。

「それにほら、もしかしたら院長、お兄ちゃんに期待してるのかも」

「え？」

「本当はもっと、できるヤツだって」

「まさか……ないない」と返しつつも、ムクムクと心の中に期待めいたものが浮かんでくる。

「あーあ、私は来週からまた入院生活かあ」と心美はため息をついた。「高校こそは普通に通えるって思ってたのに……」

「心美……」

「勇馬《ゆうま》になんて言おう……」

ボソッとつぶやく心美に、「勇馬？」と深澤が即座に反応する。

「誰それ？　まさかお前、彼氏が――」

「友達だよ、友達！」

心美が慌てて否定したとき、どこからか女性の甲高い悲鳴が聞こえてきた。

「!?」


「いいか美月、冷静になれ」と大輔は説得にかかる。ふたりの将来がかかっているから必死だ。「夜働くということはだな、昼間に働く俺と会えなくなるってことだよ？　もう一緒に晩メシも食えなくなるし……よ、夜の営みだって、どうすんだよ!?」

しかし、美月の耳には届かない。窓の向こうにわらわらと集まってくる人だかりに気をとられているのだ。

「なんだろう、あれ……」

「俺の話……聞いてる？」

「あ、ごめん。……ちょっと見てくる」

席を立ち、店を飛び出す美月を、「ったく……」と大輔は見送る。後ろ姿が視界から消えると、胸ポケットから指輪ケースを取り出して、深いため息をついた。

陸橋の階段の下に倒れている男性を十数人の人たちが遠巻きに見ている。男性は口から血を流しながら、もがき苦しんでいる。誰も積極的に救いの手を差し伸べないのは、彼のひどく汚れた格好とその強烈な臭いのせいだ。

やってきた心美が、「お兄ちゃん!」と焦ったように深澤を呼ぶ。しかし、深澤は瀕死のホームレスと見られる男性を前に二の足を踏む。

「いや、でも俺、内科だし……研修医上がりだし……」

「医者は医者でしょ!」

心美に無理やり背中を押され、戸惑いながら深澤はその男性に近づく。全身から漂う異臭に、「うっ……」と思わず鼻をつまむ。顔をそむけながら、手探りでその手首を取り、脈を確かめる。

脈が弱い……何が起きてるんだ?……。

「すみません、医師です。起き上がれますか?」と深澤は声をかけながら抱き起こそうとする。しかし、男性は痛がり、激しく抵抗する。

途方に暮れたとき、誰かが陸橋を駆けおりてきた。

「患者殺す気？　どいて」

肩をつかまれ、強引に場所を入れ替えさせられる。ムッとしつつ、それが小ぎれいな格好をした同世代の女性だったから深澤は驚く。

しかも、「ちょっと触りますね」とまるで躊躇することなく胸部の触診を始めたのだ。

「え？」

美月は骨盤を確認し、「骨盤骨折か……」とつぶやく。すぐに羽織っていたシャツを脱ぎ、男性の腰にシーツラッピング（布を巻いて骨盤を固定する方法）を施していく。

そのとき、男性がふたたび吐血した。血しぶきが美月の白いカットソーを赤く染める。

しかし、美月は動じることなく手を動かしつづける。

ぼう然とする兄の後ろでその的確な作業を見ながら、心美はつぶやいた。

「凄い……」

骨盤の固定を終えた美月は、深澤を振り向くと、言った。

「こっち持って！」

「え？　あ、はい！」

美月に代わって深澤が男性の足を持つ。その間に美月は躊躇なくスカートを引き裂くと、今度はそれで脚を固定していく。

その真剣なまなざしに深澤は思わず見入ってしまう。

手を動かしながら美月は言った。

「気道確保」

「え？」

「下顎挙上《かがくきょじょう》！」

「は、はい！……」

深澤は男性の頭側に移動すると、両手で顔をはさんだ。指を使って、下顎を持ち上げていく。やがて、男性の呼吸が落ち着いてきた。

脚の固定を終えた美月が、「代わって」と深澤の場所へと移動する。首の脈に触れながら、「もう大丈夫ですよ」と男性に声をかける。「すぐに病院に搬送してもらいましょうね」

呼吸の確認をしようと顔を近づける美月に、男性が言った。

「なんで助けたんだよ……」

「え？」

「せっかく、死ねるところだったのに」

「……」

その声が耳に届き、心美はせつなそうに顔をゆがめる。

野次馬の誰かが呼んでいたのだろう、サイレンの音が近づいてきた。

「救急車が来たぞ」

サイレンが止まり、人垣が割れる。駆け寄る救急隊員たちに美月は言った。

「骨盤骨折による出血性ショックの疑いです」

「わかりました」

「ホームレスか……」ともうひとりの救急隊員が思わずつぶやく。「この時間だと……」

「西区のなぎさ総合病院、南区の聖陵病院、中区の八城病院が重症外傷の受け入れやってます」

美月の即座の返しに救急隊員は驚く。「この辺りの病院の状況、全部把握してるんですか?」

「継続観察お願いしますね」

救急隊員にそう告げて美月は立ち上がる。

「カッコいい……」と心美はつぶやき、チラと隣の深澤に視線を送る。「お兄ちゃんとは大違い」

言い訳できずに深澤はうつむいてしまう。

担架に乗せられたホームレスが救急車へと運ばれるのを見送り、美月はようやくひと息ついた。深澤をキッとにらむと、歩み寄る。

「！……なんだよ……」

「あんな処置すらできないなら、医者名乗らないでくれる？」

「は？……」

「迷惑だから」

そう言い捨てると、美月は陸橋のほうに歩きだした。その横をサイレンを鳴らしながら救急車が通り過ぎる。

美月は立ち止まり、複雑な表情で救急車を見送った。

夜道を並んで歩きながら、心美が深澤に言った。

「寂しい感じの人だったね」

「え？」

「さっきの人……せっかく助かったのにさ。ああいう患者さん、多いのかな？　お兄ちゃんの働く夜の病院って」

「……」

深澤は唇を固く結んで歩を進める。心の中では何もできなかった自分の情けない姿と美月の言葉が何度も何度もくり返されている。

こんな俺にナイト・ドクターなんて務まるんだろうか……。

＊　＊　＊

四月某日、夕刻。

勤務を終えた根岸ら救急スタッフたちが正面入口を出ようとすると、人の流れに逆らうように深澤が出勤してきた。

「お、深澤！」と根岸が声をかける。「今夜からよろしくな。ナイト・ドクター！」

ポンと肩を叩き、根岸は帰っていく。

深澤は憂鬱そうな表情で湿った息をひとつ吐くと、足どり重く病院に入る。

着慣れた白衣ではなく深緑のスクラブ姿になったことで、深澤の不安はさらに増した。救急救命センターの廊下で同じスクラブを着た救急医とすれ違うたびに、自分は場違いなところにいると感じてしまう。

エレベーターを降りてスタッフステーションに入ると、すでに三人の医師の姿があった。自分と同世代の男女に三十代半ばくらいの男だ。深澤を見るなり、若い男が人懐っこそうな笑みを向け、駆け寄ってきた。

「初めまして、桜庭瞬《さくらばしゅん》です！　よろしく」と手を握ってくる。

その勢いと明るさに気圧されながら、「ど、どうも……深澤です」と挨拶を返す。

「同い年？　あ、タメ語でいいよ、タメ語で！」

そんなふたりのやりとりに年かさのメンバー、成瀬暁人《なるせあきひと》が「また研修医上がりかよ」と不満げにつぶやく。

隣で鏡を手に髪形をチェックしながら高岡幸保《たかおかさちほ》が言った。

「そういうあなたはずいぶんと老けていらっしゃいますね？」

「俺は上級医だ。お前らとは違う」

桜庭は深澤に「成瀬に……高岡ね」とふたりを紹介し、「みんな同期だし、タメ語でいいよね！」と笑顔を向ける。

「馴れ馴れしい……いちばん嫌いなタイプ」

毒づく幸保を、「まあまあ、仲よくやりましょう。仲よく」と桜庭がいなし、「これで全員かな？」と周囲を見回す。そこに同じ深緑のスクラブを着た女性がスタッフステーションに入ってきた。

「あ、もうひとり来た！　こっち、こっち！」

桜庭は女性に手を差し出して「はじめまして。桜庭瞬です」と自己紹介する。

その様子を見て、深澤はハッとした。

「あんときの……」

数日前、路上で重症のホームレス男性に見事な救急処置を施した、腕は立つがやたら性格のキツいあの女だ。

美月も驚いた表情で近づいてくる。

「どうして……」

しかし、美月が声をかけたのは深澤ではなく成瀬だった。

「どうして成瀬先輩がここに!?　救急捨てて、脳外で腕磨くんじゃなかったんですか」

「お前こそ」とため息交じりに成瀬が言う。「救急あきらめてなかったとはな」

「なになに、ふたりどういう関係？」と桜庭が食いつき、深澤がつぶやく。

「俺はシカトかよ……」

と、奥のほうから奇妙な音楽が聞こえてきた。皆が一斉に振り向く。

「なに、このダサい曲」と幸保がツッコんだとき、毛布にくるまれていたストレッチャーからむくっと誰かが起き上がった。

鳴りつづけているスマホの音楽を止め、本郷はポカンとしている一同の前に立った。その顔を見て、桜庭が表情を引き締める。

本郷は一瞬桜庭を見るが、すぐに目をそらす。あらためて一同を見回して言った。

「これで全員だな。ナイト・ドクターの指導医、本郷だ」

今度は値踏みするように一人ひとりをじっくりと観察する。心の内をスキャンするようなその鋭い視線に五人は緊張してしまう。

「夜間勤務は誰もやりたがらないハズレくじ。それをあえてやろうとする連中なんて、よっぽどのワケありか」と本郷は成瀬を見る。

「……」

「物好きなんだろうな」と今度は美月、桜庭、幸保へと視線を移す。思わず深澤もほかの四人を見てしまう。

「さっそくだが、ブリーフィングを始める」

遠巻きに様子をうかがっていた看護師の新村《にいむら》風太《ふうた》が先輩の益田《ますだ》舞子《まいこ》に小声でつぶやく。

「あれが噂のニューヨーク帰りのドクターですか」

「ニューヨーク!?」

「向こうで夜間勤務専門の救急医してたそうですよ。それを八雲院長が無理やり呼び戻したって」

「へえ。それにしても使えなそうな新米ばっかりね。あ、でも、ひとりいい感じの上腕二頭筋……」と腕組みしている成瀬にロックオン。

アラフォー女子の舞子としては年齢的にもストライクゾーンのど真ん中だ。

伝達事項を話し終え、「以上だ」と本郷はブリーフィングを締めた。

「俺は新米だろうと手取り足取り教えるつもりはない。ついてこられる者だけついてこい。お前らが戦力になるまでは、俺の知ってる救急医を外部から呼びよせる手はずになっている」

スケジュールボードに貼られた二人の救急医の写真から視線を戻したとき、ふと深澤の顔が美月の目に入った。

「あ！　あんときの！」

「え、今？」

「私の足だけは引っ張らないでよ」

「うるせえよ……」

やっぱ、こいつ性格悪……。

そのとき、ホットラインが鳴った。その場に緊張が走るなか、すぐに美月が受話器を取る。

「はい。あさひ海浜病院救命救急センターです」

「日下部消防より受け入れ要請です。古川台の工事現場で崩落事故発生。そちらに受け入れをお願いしたい重症者は三名。五十代男性脊髄損傷、四十代男性強い腹痛でショック状態、三十代男性頭部外傷、及びフレイルチェスト（肋骨を二か所以上骨折し、激痛を伴い著しく呼吸を障害する）の疑いがあります」

うかがう美月に本郷は言った。

「この時間オペ室は使い放題だ。全員、受け入れろ」

「！」

深澤、桜庭、幸保があ然とするなか、美月はホッとした表情で救急隊員に答える。

「全員、受け入れます」


救急入口から初療室に三台のストレッチャーが運び込まれていく。本郷は患者の容体を瞬時に把握し、次々と指示を出す。

「朝倉、成瀬、レベルダウンしている。プライマリーサーベイ（救急医療における初期の全身観察）を急げ。こっちは不穏状態だ。高岡、ショックの進行に気をつけろ」

「はい」と幸保が緊張気味にうなずく。いっぽう、成瀬は平然とした顔で毒づく。

「いきなり重症患者ばっか受け入れすぎだろ」

「文句言う暇あったら、サーベイしてください」

美月に急かされ、成瀬は頭部と胸部外傷の三十代男性の処置にかかる。

患者たちのうめき声が響くなか、幸保も腹痛ショックの四十代男性の処置を開始。美月と成瀬は競うように手を動かしている。

桜庭と深澤は緊迫する空気に呑まれて動けない。

「なんだよ、ここ……戦場じゃん」

深澤は言葉も出ず、ただただ圧倒されている。

脊髄損傷の五十代男性の動脈ラインを確保している本郷に、桜庭が勢いよく話しかけた。

「あの、僕は？　僕に何か指示をください！」

本郷はすぐさま指示する。

「あっちの患者にレベルワン持っていけ。わかるんだったらな」

「はい！」と元気よく答えたものの、桜庭は小声で深澤に尋ねる。「レベルワンってなんだっけ」

「俺に聞くなよ……」

桜庭がもたもたしている間に、幸保が急速輸血装置を処置台の横に運んできた。

「レベルワン持ってきました」

「プライミングして緊急輸血！　ＦＦＰ６単位準備しろ」

「はい」

輸血の準備をしながら幸保が桜庭に声をかける。「お湯持ってきて」

「お湯？　了解！」

返事はしたものの、意図がわからずに動けない。苛立ちで幸保の声がとがる。

「ＦＦＰ溶かすから！」

桜庭はハッとした。ＦＦＰは凍った血漿《けっしょう》製剤だ。融解温度まで温めなければ使用できない。緊張しすぎてこんな基本的なことすら失念してしまったことを悔しく思いながら、桜庭は流し台へと急ぐ。

いっぽう、エコー診断で美月は患者の左胸腔に大量の血液を確認した。

「すぐにチェスト――」

「そんな時間はない」と心電図モニターをチェックした成瀬が美月を制する。「その間に心停止するぞ」

「!?」

「挿管準備。開胸して大動脈クランプ後、バーホールだ。こっちは俺がやる。お前はAライン（動脈ライン）とれ」

美月は唇を噛みながら場所を譲る。

皆が慌ただしく処置を進めるなか、深澤はひとり居場所がない。手伝いたくても指示がなければ、何をどうすればいいのか見当もつかないのだ。

そのとき、騒然とした初療室にホットラインが響きわたった。

「深澤、出ろ！」

本郷の声に深澤の体がビクッとなる。「はい！」

深澤はおそるおそる受話器を取った。すぐにスピーカーから救急隊員の切迫した声が聞こえてくる。

「先ほどの崩落事故の現場です。新たに発見された二十代男性、右下肢の高度変形と開放創です。七件の病院に受け入れを断られています。何とか受け入れお願いできませんか」

「無理だ。断れ！」と成瀬は叫ぶが、すぐに本郷が、

「指示は俺が出す。受け入れろ」

一同が驚きの表情で本郷を見る。

「何言ってるんですか」と成瀬が食ってかかる。「こんな使えない連中しかいないのに無理ですよ！」

「お前たちがその患者を早く安定させれば済む話だ。違うか？」

そのとおりなので成瀬は言い返せない。

「七件断られたとなると、この辺りで夜間でも重症者の受け入れができる病院はほかにありません！」と美月も成瀬に懇願する。「このままじゃ手遅れになります」

「……わかったよ。急ぐぞ」

患者に向き直った成瀬は消毒液を患部にかけ、滅菌手袋をつける。そんな成瀬を見て本郷の口もとに笑みが浮かぶ。

あ然としたままの深澤から受話器を奪い、美月は言った。

「受け入れます。すぐに運んでください」

「……」


手術の準備を終え「オペ室に運びます」と処置台を移動させる成瀬に、「すぐに行く」と本郷が声をかける。成瀬と入れ替わるように新たな患者を乗せたストレッチャーが初療室に運び込まれた。

「重野翔太《しげのしょうた》さん。二十五歳。同じ事故で受傷しました。鉄骨に挟まれて右下肢に変形あり。ショック継続してます」

救急隊員と深澤、桜庭の手を借りて患者を処置台に移し、美月は言った。

「深澤だっけ？　採血とレントゲンのオーダーお願い」

「あ、あぁ……」

「先生……」と警備員の制服を着た患者、重野が不安そうに美月に尋ねる。「俺の脚、どうなってんの？　何か感覚ないいんだけど……」

美月は通常ならありえない方向に曲がっている重野の右脚を一瞥し、胸部の触診を始める。

「……大丈夫です。すぐに治療しますから」

「よかった……。俺、明日、彼女とデートなんです。プロポーズする予定で……行けますかね？」

「……頑張りましょう」

そんなふたりのやりとりを深澤が複雑な思いで見ている。

舞子が右脚を正常な位置に戻した瞬間、重野は激痛に悲鳴をあげた。舞子は顔色ひとつ変えずに、「服切りますね」とハサミでズボンを切り裂いていく。血にまみれ、骨が皮膚を突き破った状態の右脚があらわになる。

「うっ」と口を手で押さえ、慌てて桜庭が初療室を出ていく。

「ウソでしょ……」

あきれたように幸保が桜庭を見送ったとき、アラームが鳴った。重野の脈拍が低下しているのだ。ぐったりした重野の手が美月の腕を弱々しくつかむ。

「先生……助けて……」

重野が生あくびをしたので、美月は焦る。レベルダウンだ。

「重野さん、大丈夫ですか!?」

しかし、重野はそのまま意識を失い、痙攣しはじめる。美月は舞子に叫んだ。

「挿管準備！　ミダゾラム2ミリグラム静注して」

本郷が足の甲から足背動脈に触れながら、美月に言った。「クラッシュ症候群（長時間圧迫されることにより発生した毒素が、圧迫から解放されると急激に全身に広がる症状）だ。病院に搬送されるのが遅すぎたんだ。右脚は切断するしかない」

「でも彼、まだ二十五歳ですよ？」

「だからなんだ？　切らなきゃ患者は死ぬ」

そうだ。現実から目をそらすな。私が選択を間違った瞬間、彼は死ぬ。

「……やります」

急いで挿管する美月を深澤がぼう然と見つめている。そんな深澤にチラと目をやり、本郷が言った。

「なに突っ立ってる？　やれることがないなら、患者の家族に連絡しろ」

「え？」

「息子さんの命が危ないとな」

「！……」

トイレに飛び込むなり、桜庭は苦しそうに胸を押さえた。急いでピルケースから錠剤を取り出し、それをペットボトルの水で飲む。

「はあ……はあ……はあ……」

懸命に呼吸を落ち着かせると、桜庭は顔を上げた。洗面台の鏡に映った自分に言い聞かせる。

「ダメだ、こんなんじゃ……なんのために……」

どうにか自分を奮い立たせると、桜庭は初療室へ戻っていく。

スタッフステーションに届けられていた重野の私物から、深澤はスマホを取り出す。ロックはかかっていなかった。画面に触れると、すぐに新着メッセージが浮かび上がる。

『明日12時、横浜駅待ち合わせね』

差出人は「結奈《ゆいな》」という女性だ。

深澤の脳裏に、「明日デートなんです。プロポーズする予定で」という重野の言葉がよみがえる。


担当患者の処置を終えた幸保が重野の頭の位置につき、輸血や薬剤の調整をしている。

桜庭が患部から顔を背けるようにして、右足を押さえる。電気メスで止血をしながら、美月が桜庭に言った。

「もうちょっと脚、外側に回して」

指示に従い、桜庭は尋ねた。「この脚、ホントに切っちゃうの？」

「やるしかない……。止血ＯＫ」

美月は電気メスを置くと、舞子から骨切断用のボーンソーを受け取る。

「切断します」

細かく振動するノコギリの歯が骨を削っていく不快な音が初療室に響いていく。見ていられず、桜庭は思わず目をつむってしまう。

歯医者の治療中のようなその音はスタッフステーションにまで届いてきた。深澤は音が気になり、スマホを手にその場を離れた。

医局に移動した深澤は、着信履歴から結奈に電話をかける。しかし、呼び出し音が鳴るだけでつながらない。

「くそっ……」

「右下肢切断完了……」

複雑な思いで言うと、美月はボーンソーを置き、切断面にガーゼを当てる。どうにか吐き気をこらえている桜庭を振り向くと、言った。

「桜庭だっけ？　この足、冷凍庫に運んで保管しといて」

「え！　俺が？」

「それくらいやったら？」と幸保が小バカにしたような視線を向ける。

「……了解」

切断された右脚は想像以上に重い。桜庭はそれをビニールに包み、運び出す。

桜庭が初療室を出たとき、アラームが鳴った。モニターを確認して幸保が叫ぶ。

「パルスレスＶＴ！」

美月はすぐに蘇生を始める。

「どうして……」

がく然とする幸保に、美月が指示する。

「除細動、急いで！　アドレナリンも用意して！」

必死に心臓マッサージを続けながら、美月は意識不明の重野に呼びかける。

「戻ってきて。明日……プロポーズするんでしょ⁉」


手術を終えた成瀬がＩＣＵ（集中治療室）で患者を診ていると、ぐったりした桜庭がうなだれて入ってきた。

「ああ……。あの脚の感触が消えない……ああ、ああ……」

「静かにしろ。気が散る」

そこに今度は薬剤を手にした深澤が入ってきた。ふたりを見回して成瀬が言う。

「お前らふたりは、想像以上にポンコツだったな」

気色ばむ深澤を、「まあまあ、これからでしょ」ととりなすと、桜庭が尋ねる。「重野さんのご家族とは連絡とれた？」

「まだ……着信履歴たどって片っ端からかけたけど、誰も出なかった」

「そっか……。まあ深夜だもんね」

「それにこの時間、交通機関自体止まってる。たとえ連絡がついたとしても、すぐに駆けつけられる保証はない」

成瀬の冷静な言葉に、「そんな……」と深澤は絶句した。

「こんな状況でも、家族がそばにいられないなんて……」


戻ってこい……戻ってこい……戻ってこい……！

汗だくになりながら心臓マッサージを続ける美月に、本郷が声をかけた。

「いい加減、あきらめたらどうだ？」

「ここであきらめたら……なんのために右脚切ったんですか。なんのために……受け入れたんですか」

汗を飛ばしながら、美月は重野の胸を押し続ける。

その強情ぶりにあきれた本郷がその場を離れようとしたとき、新村が、

「二分経ちました。リズムチェックしてください」

美月が心臓マッサージをやめ、幸保が首の脈を確かめる。わずかに脈が触れる感覚がある。モニターにも波形が表れる。

「！　戻った……」

幸保の声にホッとした美月は、思わずよろけてしまう。

「大丈夫ですか!?」と新村が慌てて美月を支える。

重野の瞳孔を確認した幸保の不安そうな表情を見ながら、本郷が言った。

「これで満足か？」

「え？……」

「脳死じゃなきゃいいな」

そう言い残すと、本郷は初療室を出ていった。


「ねえ、ふたりはさ、どうしてここに来たの？　やっぱりなんかワケありなわけ？」

興味津々という顔で、桜庭は深澤と成瀬に尋ねる。

「俺は、院長に無理やり……」と話しづらそうに深澤が答える。

成瀬は「プライベートをお前たちに話す気はない」とピシャリ。

「つれないなあ。俺はね、昔から救急医になるのが夢でね！」

そこに「深澤！」と美月が入ってきた。

「なんだよ……」

「重野さんのご家族とは？　連絡ついた？」

「いや……深夜だし、まだ……」

美月はすぐに身を翻してＩＣＵをあとにした。

「？……」

深澤がスタッフステーションに戻ると、美月の姿がある。重野のスマホの着信履歴を見ながら、電話をかけ続けているようだ。

「もしもし。あさひ海浜病院救命救急センターですが――」

「……」


ＩＣＵのベッドに並んだ重症患者たちの様子を深澤、桜庭、幸保が見ている。

重野の意識はまだ戻らない。

そこに美月が入ってきた。手にしたスマホを見て、深澤が尋ねる。

「重野さんのご家族、連絡ついたのか？」

「地元の友達って人となら」

「え!?」

「重野さん……半年前に勤めていた飲食店が経営難で倒産したらしくて。少しでも早くちゃんとして彼女と結婚したいからって、昼間に就活して、夜に警備員のバイトを……。やっと新しい就職先が決まったところだったみたい……」

「そんな……。その結果がこれって……あんまりだろ」

「その結果?」と美月が聞きとがめる。「どの結果?」

「！　それは……」

ベッドの上の重野を見つめて美月は言った。

「生きようとしている人の前で……悲観すること言わないで」

美月の言葉が胸に刺さり、深澤は頭を垂れるしかない。

「お前がただ生かしたかっただけだろ」

美月が声に振り向くと、成瀬がいた。

「この患者、目を覚ましたとして自分の状況を知ったら、どう思うだろうな」

「……嫌み言うだけなら、あっち行ってください」

「朝がきた。交代の時間だ」

＊＊＊

スタッフステーションに出勤してきた救命救急センター長の嘉島征規《かしままさき》は、本郷から渡された患者情報を見て愕然とした。

「なんなんだ、この重症患者の数は。ベッドが満床じゃないか！」

「ええ。初日から大盛況でした」

嘉島の苛立ちを、本郷は完全にスルーした。

「大盛況じゃないだろ!?　君たちは、何か勘違いしているようだな」

聞き捨てならないとばかりに美月が口を開いた。

「どういう意味ですか？」

「どうして君たちが夜にわざわざ雇われたのか、その意味を理解してるのか？」

「そんなの、夜の急患を受け入れるために決まってるじゃないですか」

「違う。昼間働く医者たちを守るためだよ」

「はい？」

「優秀な人材は、当直があったり、夜間の呼び出しが多いと環境のいい病院に流れていきますからね」と腰巾着のように嘉島にくっついて根岸が答える。

「君たちは、昼間働く優秀な医者が夜十分に休むことで快適に働けるよう用意された、いわばスペアだ」

あまりの言いように、「そんな……」と桜庭から声が漏れる。深澤はショックを受けつつも、やはり自分は数合わせのために呼ばれたのだと納得してしまう。

「我々が一軍なら君たちは二軍、三軍。その立場をわきまえず、手のかかる重症患者ばかり集めて我々の手をわずらわすようなまねはやめていただきたい」

高圧的な嘉島に臆することなく、美月はやれやれとため息をついた。

「文句言わずにそれくらいやったらどうですか？」

センター長に何言ってんだ!?

深澤、桜庭、幸保の三人は思わず目を丸くして、美月を見た。美月はさらに続ける。

「私たちが必死で働いてる間、皆さんはベッドでぐうすか寝てたわけですよね？」

相変わらずだなと成瀬は心の中で苦笑する。

「なんなんだ、君は……。名前は!?」

怒りに震える嘉島を見て、「まあまあ！」と深澤が割って入る。「朝からケンカはやめましょう！　本郷先生からも何か言ってくださいよ」

本郷は面倒くさそうに嘉島に言った。

「話は以上ですか？　時差ボケで眠たいので、そろそろ失礼します」

「は？」

「他の科と交渉すればベッドは問題なく空けられるのでは？」

そう言うと、本郷は去っていく。

「今も昔も変わらず嫌な奴だ」と嘉島が毒づく。

根岸が同情するように深澤に言った。

「お前の指導医も同僚も、マジやべえな」

「……」

俺たちはスペア。

期待なんかされるはずもない……。


病院から寮への途中にある海浜公園のベンチで、美月がコンビニのおにぎりを食べている。怒りのあまり、空腹が限界を超えたのだ。

「何がスペアよ……」

ペットボトルの水でおにぎりを流し込んだとき、成瀬が横に立った。

「しょっぱなからやらかしてくれたな。お前がたてついた嘉島先生、救命のセンター長らしいぞ。これから仕事がやりづらくなったら、どうしてくれるんだ」

「あの人たち、夜間勤務のことバカにしすぎですよ。大体うちの病院は、二十四時間三六五日どんな患者も受け入れるのが理念なんじゃないですか？　そもそも働き方改革とか医者に必要ありますか？　ただでさえ人手不足なんだから、患者のために一生懸命働く。それが当然でしょ？　重野さんの術後の管理だって本当だったら私が……」

「は？」

「相変わらずそんな考えでいるようなら、お前は救命に向いてない。今すぐやめろ」

　去っていく成瀬の後ろ姿を、美月は苛立たしげに見送った。

「なんなの……？」


　駐車場に停められたスポーツタイプのハイブリッドカーの助手席に幸保が乗り込む。運転席の青山北斗《あおやまほくと》が「お疲れ、幸保」と声をかける。「初出勤、どうだった？」

「最悪。変なヤツしかいなかった」

　笑いながら青山が返す。「そこまでして救急医なんてやる必要ある？」

「手っとり早く経験積むにはいい場所なの。それに北斗と同じ夜に働けば、こうして朝からふたりで会えるでしょ？」

青山は都内で数軒のレストランを経営している。三十代半ばにしてはなかなかのやり手実業家だった。

「まあな。腹へったろ？　うまい朝メシでも食いにいくか？」

「うん！」

青山は車を発進させ、滑るように病院から出ていった。


「ただいまー」

深澤が寮の部屋に帰ると、制服姿の心美が慌ただしく身支度をしていた。

「お疲れ」と振り返り、「げっ」と驚きの声をあげる。「ヤバいよ、お兄ちゃん。顔マジ、死んでるよ？」

「死んでるとか言うなよ。縁起悪い……」

キッチンで手を洗う深澤に心美は言った。

「初仕事、どうせ何もできなかったんでしょ？　今まで内科でのらりくらりしてきたツケだね」

「お前、内科をバカにすんなよ！　それに俺は給料さえもらえれば、それでいいんだよ」

「何それ、どういう意味？」

「それなりに生活できてれば十分ってこと。仕事にやりがいとか、求めてねえから」

「ふーん」

準備を終えた心美は、棚に飾ってある両親の写真に「行ってきます」と声をかけ、足早に出ていこうとする。

「あ、心美！　もうすぐ入院するんだから無理すんなよ！」

「うるさいな……わかってるよ！」

エントランスに出ると、「おはよう、心美！」と声をかけられた。岡本勇馬《おかもとゆうま》がニコニコと微笑みながら待っていた。

「なんで勇馬が!?」

心美は慌てて勇馬を寮の外へと引っ張り出す。

「あれ？　来たらまずかった？」

「うちのお兄ちゃん、私が彼氏といるとこなんて見たら、失神して寝込んじゃうから」

早くに両親を亡くし、十歳以上も年の離れた私を親代わりに育ててくれた。病気のこともあり、とにかく私のことが心配でならないのだ。

「そうなの？　それより心美、これ行かない？」

勇馬はポケットから花火大会のチラシを取り出して心美に見せる。

「花火？」

話しながら歩いているふたりとすれ違うように、朝食の袋を手に成瀬が帰宅してきた。制服姿のふたりを一瞥し、「独身寮じゃねえのかよ……」とつぶやく。

部屋の前にやってきて、さらに驚いた。

隣の部屋のドアが開き、つぶした段ボールを手にした美月が出てきたのだ。

「ウソだろ……」

「あれ？　先輩、隣の部屋なんですか？」

そのとき、美月の向こう隣のドアが開き、ゴミ袋を手にした深澤が姿を現す。美月に気づくと、「ウソだろ」と固まる。

「え、あんたも隣？」

あんたもって……？

深澤は美月の後ろにいる成瀬の姿を見て仰天した。成瀬はわかりやすく頭を抱えている。寮の部屋は成瀬、美月、深澤というふうに横並びになっていたのだ。

「ちょうどよかった！　ふたりとも部屋の片づけ手伝ってくれません？　私、こう見えて片づけだけはどうも苦手で——」

成瀬はそそくさと自室に消え、深澤はゴミ捨て場へ逃げるように去っていく。

「……ケチ!」

引っ越し荷物が無秩序に散乱する床に、「あー無理。しんど……」と美月はソファに倒れ込んだ。治療だったらどんな面倒な作業も苦にならないのだが、整理整頓となると途端にやる気がなくなってしまう。

眠気が襲ってきたのでそのまま寝てしまおうかと思ったとき、かたわらに置いたスマホがメールの着信を告げた。大輔からだ。

『初仕事どうだった? 今度の土曜、奇跡的にデートできたりしない?』

「デート……」

美月の脳裏に、「明日、彼女とデートなんです」という重野の言葉がよみがえる。同時に成瀬の言葉まで聞こえてくる。

「お前がただ生かしたかっただけだろ」——。

「……」

美月は寝転がったままカバンからシフト表を取り出した。土曜の『OFF』の文字を見ながらつぶやく。

「さすが働き方改革……」

＊＊＊

スタッフステーションで昼間スタッフから引き継ぎを受ける深澤は耳を疑い、思わず聞き返す。

「亡くなった？　重野さんが？」

治療に携わった患者が翌日に亡くなる経験など今までになかったのだ。

「あれだけ心停止してたんだ。無理もない」

突き放したように返す嘉島に、不信感をあらわに美月が尋ねる。

「ちゃんと全身管理してくれてたんですか？」

「なに？」と嘉島が美月をにらみつける。

「やめろ、朝倉」と成瀬が暴走しそうになっている美月を止めた。

「……」

HCU（高度治療室）で作業する美月からは明らかに昨晩の覇気が失われている。

「重野さんさ……脚まで切ったのにね……」

せつなそうにつぶやく桜庭に、「おい」と深澤が注意する。脚を切断した本人がすぐ近くにいるんだから……と目で伝える。

「あ、ごめん……」

「それだけじゃない」と成瀬が話に加わる。そしてわざと美月に聞こえるように、

「朝倉は蘇生させるために彼の肋骨を十本折ってる」

「え……」

美月はムッとした顔を桜庭に向ける。

「そんなサイコパスを見るような目で見ないでよ……」

そこに新村が駆け込んできた。

「朝倉先生、大変です！　重野さんの恋人だという方が」

「！……」

美月はすぐに対応に走る。

「あなたが彼を処置したんですよね？」と廊下で待ちかまえていた結奈が詰め寄ってくる。「どうして助けてくださらなかったんですか!!」

「……」

「どうして……」

泣き崩れる結奈に、美月はただ頭を下げることしかできない。

「申し訳ありません……」

そんな美月を深澤が離れて見ている。


さらに落ち込んでスタッフステーションに戻ってきた美月に、矢も盾もたまらず深澤が言った。

「どうして何も言わなかったんだよ」

「え？」

「重野さんは七件も受け入れ断られて、運ばれてきた時点で……もう手遅れだったんだろ。一時的に一命をとりとめただけでも奇跡だったんじゃないのかよ？」

「……言ったところで何になるの？」

「それは……」

「それより今日こそはちゃんと仕事してよ。給料泥棒」

言い方！

ムッとした深澤が背を向けたとき、ホットラインが鳴った。出ようとした桜庭を制し、美月が先に受話器を取る。

「はい。あさひ海浜病院救命救急センター」

先ほどまでの沈んだ様子はすっかり消えている。


運び込まれたのは四十代の男性だった。

「コンビニ前で倒れているのを発見されました。下顎呼吸でＪＣＳ三〇〇です。橈骨《とうこつ》は触れ弱いです」

報告する救急隊員に成瀬が身元を尋ねる。

「所持品はなく、特定できてません」

「身元不明……」と深澤がつぶやく。

処置台に移した患者の気道を確保しながら美月が言った。

「名前はミスターA。生年月日は明治十一年十一月十一日」

「え?」と聞き返す桜庭に、「身元不明者に臨時で登録しておく情報だ」と本郷が教える。

「IDカードがなければ検査も入院もできないだろ」

「なるほど」

電子カルテに『ミスターA』と入力しながら深澤がつぶやく。

「身元がわからなきゃ誰にも連絡できねえじゃん……」

そのとき、患者の様子が急変した。すぐに美月と成瀬が処置にかかる。

「頸動脈触れません」

本郷が心電図モニターを見て、叫ぶ。

「VF（心室細動。心臓がポンプとしての機能を失った状態）！　深澤、除細動！」

「え！　俺ですか⁉」

成瀬は心臓マッサージの真っ最中で、美月は挿管にかかっている。

「早く！」

本郷に急かされ、深澤は慌てて除細動器の準備を始める。しかし、焦って簡単な手順が思い出せない。

「VF継続です！」

切迫した美月の声に深澤は固まってしまう。

「深澤！」

本郷の声には怒りがにじむ。深澤の手がブルブルと震えはじめる。奥のベッドから幸保が飛んできて、「貸して！」と深澤の手からパドルを奪う。

「安全よし。波形VF。除細動します」

手を離した成瀬の反対側から幸保がパドルを胸に当て、出力ボタンを押す。患者の身体がビクンとはねる。

成瀬が心臓マッサージを再開し、「二分測って！」と看護師に声をかける。いっぽう、美月は人工心肺装置の準備にかかっている。

皆が必死に患者を蘇生させようとしているなか、深澤はなすすべもなくその場にぼう然と立ち尽くしていた。

スタッフの努力の甲斐もなく、しばらくして身元不明の患者は息を引き取った。

スタッフステーションに戻った深澤は、イスに身を沈めてうなだれる。

「やっぱり無理だ。こんな仕事……」

「え？」と桜庭が反応する。美月も作業をしながら、深澤に目をやる。

「ミスターAさん……何歳で亡くなったのかも、どんなふうに生きてきたのかもわからないまま、誰にも看取られずに、最初からいないみたいにここを去ってく……」

「……」

「あんな患者と向き合う仕事……俺には無理だ」

「そう言わずさ、頑張ろうよ！」と桜庭は励ますが、美月は軽蔑のまなざしを向けた。

「……深澤さ、ここに来てからいったい何したの？」

「え？」と深澤が顔を上げる。

「一度でも本気で、誰かの命救おうとした？」

「！……」

「何もしないでヘ理屈ばっかり並べる。私……あんたみたいな医者がいちばん嫌い」

吐き捨てるように言うと、美月はスタッフステーションを出ていく。

追い打ちをかけるように幸保も「やる気ないなら、辞めたら？」と深澤に声をかけてその場を去る。

落ち込む深澤に成瀬が言った。

「中途半端な気持ちでやってると、いつか患者殺すぞ」

「！」

そう言って成瀬も出ていく。桜庭は深澤を気にしつつ、立ち上がった。

ひとり残された深澤は、皆の言葉を反芻しながらじっと考え込む。

勤務を終えた深澤は院長室を訪ねた。

「辞めたい？　ナイト・ドクターを？」と八雲がまじまじと深澤を見つめる。

「はい……。僕には無理です。あんな仕事……」

「そりゃあさ、初めは誰だってそうだよ。いきなり内科から救急医になったんだ。慣れてなくて当然。できなくて当たり前。そのうち必ず成長できるさ。なあ」と八雲は応接ソファに腰をかけている本郷に振った。しかし、本郷は黙ったままだ。

深澤がボソッと言った。

「成長したその先に……何があるんですかね？」

「え？」

「人がバンバン死んでくのに、みんな平気な顔して仕事してる。……僕にはついていけません。正直もっと楽な仕事、ほかにいくらでもあるじゃないですか。わざわざ夜にあんなつらくて責任重い仕事、やる意味がわかりません」

「深澤くん……」

「僕はもっと穏やかに生きたいんです。平和に生きたいんです。今夜を最後に内科に戻してください。お願いします」

深澤は八雲に頭を下げると、逃げるように院長室を出ていった。

参ったな、とため息をつく八雲に本郷が言った。

「いいんじゃないですか。内科に戻してあげれば」

「本郷先生……。深澤くんは、ああ見えて持病のある妹の看病をしながら医大を卒業して……根性もあるし、やさしい子だ。きっといい救急医になります」

「私が育てようとしているのは夜間に働ける一流の医者です。こんなことで弱音を吐くような人材は必要ありませんよ」

情けのかけらも見せずに、本郷はそう切り捨てた。

＊　＊　＊

辺りが薄暗くなると同時に、異国情緒あふれたカラフルな街が橙色のやわらかな光に包まれていく。飛び交う中国訛りの客引きの声を聞きながら、美月は巨大な豚まんを口いっぱいに頬張った。

「うま〜。やっぱ本場は違うね」と幸せそうに目尻を下げる美月を、隣に座った大輔がにまにまと見つめる。

「何？」

「いい。やっぱ美月はいいなあ」

「え？」

「そんなうまそうに豚まん食えるヤツ、なかなかいないよ」

「そこ？　もっとほかに褒めるところあるでしょ」

大輔は笑いながら、自分も豚まんにかぶりつく。肉汁がじわっと口の中に広がり、これはうまいわと納得してしまう。

あっという間に平らげた美月は、ふと腕時計に目をやった。

「どうした？」

「あ、いや……今夜の患者さん、大丈夫かなって」

「え？」

「例のナイト・ドクター、私ともうひとり以外経験ないヤツばっかりで。特にひとり、とんでもなく使えないヤツがいて。あんたの医師免許は紙切れかってくらい」

満たされていた大輔の気分が急速にしぼんでいく。

「……美月、今日くらいさ、仕事のこと忘れない？」

「え？」

「二十四時間三六五日、医者でいる必要ないでしょ。それに今日は、俺と美月が付き合った記念日なんだしさ」

大輔の言葉に美月はハッとした。

「やっぱ忘れてた？」

「ホントごめん！　どうしよう私、何も用意してない」

うろたえる美月にあきれつつも、「ホント正直だな」と大輔は笑ってしまう。「いいよ、べつに。その代わり、今日一日俺と楽しんでくれたら」

「大輔……。わかった。今日一日、仕事の話はしない！　うん、絶対しない！」

微笑みながら大輔がうなずいたとき、「ドーン！　ドーン！」と号砲花火が上がった。

暮れなずむ空を見上げて大輔がつぶやく。

「そういや今夜、花火大会だったな」

「え、そうなの？」

「せっかくだしさ、見に行かない？」

「うん」


その夜、スタッフステーションに集まった成瀬、深澤、桜庭、幸保に向かって本郷が告げた。「早くも脱落者が出た」

「え？」と思わず桜庭が声を漏らす。

本郷は深澤へと視線を移す。

「内科に戻れば定時で帰りやすいし、今なら当直もない。血だらけの患者が来ることも少ないし、最高の仕事だな」

そう言い残して本郷は去っていく。

「深澤……お前それでいいの?」とおずおずと桜庭がうかがう。

「ああ……」

幸保はあきれ顔でスタッフステーションを出ていった。


夜空に咲く色鮮やかな大輪の花々に人々が歓声をあげる。大勢の人でにぎわう屋台通りを、リンゴ飴を手に心美が勇馬と並んで歩いている。

「心美と来られてうれしいよ。これからさ……もっとふたりでいろんなとこ行こうな」

「え? あ、うん……そうだね」

ふいに勇馬に左手を握られた。わずかに汗ばんだ手のひらの感触から緊張が伝わってきて、うれしさと同時になんだかこっちまで緊張してしまう。

ドーン!

大きな音が空気を震わせ、勇馬は空を仰ぎ見た。

そのとき、突如腹部に激痛が走った。心美は勇馬の手を離し、おなかに手をやる。

「心美？　どうした？」

「ごめん、私、ちょっとお手洗い行ってくるね。勇馬はここで待ってて。すぐ戻るから」

「え？」

「なんか食べすぎちゃったみたい……。勇馬はここで待ってて。すぐ戻るから」

「わかった……」

楽しそうな人の群れに消えていく心美を、勇馬は心配そうに見送った。

腹痛に耐えながら、心美はおぼつかない足どりで歩く。

ようやく人けのない場所に出たので、カバンからピルケースを取り出した。中を見て、

「ウソ……」と思わず声を漏らす。薬が残っていなかったのだ。

慌ててカバンをあさるが、薬が落ちている様子はない。

腹部の痛みがさらにひどくなり、心美はその場にしゃがみ込んだ。


「遅いな……」

心美がここを離れて、すでに十分以上が経っている。

この人混みだ。もしかしたら場所がわからなくなったのかもしれない。

ポケットのスマホに手を伸ばしたとき、鼓膜を破るかのような爆音が背後で響き、勇

馬の体は吹き飛ばされた。

海上に打ち上がった花火が、暗い海面をカラフルに染めていく。

「きれいだね……」

「うん」とうなずくと、大輔はポケットに手を入れた。指輪ケースを取り出し、意を決して「あのさ、美月」と声をかける。

しかし、美月の視線は大輔の背後に釘付けになっていた。

「……なんだろ、あれ」

対岸の屋台が立ち並ぶエリアの一角で白い煙が上がり、人々が騒然としている様子が遠目からうかがえる。

「私……ちょっと見てくる」

行こうとする美月の手を大輔がつかんだ。

「オフの日だろ？ それに……今日だけはって、言ったよね？」

「大輔……」

すがるような大輔の目に、美月は揺れる。

しかしそのとき、屋台のほうから激しい爆発音と人々の悲鳴が聞こえてきた。

居ても立ってもいられず、「ごめん」と大輔の手を振りほどくと、美月は駆けだした。

「……」

「はい。あさひ海浜病院救命救急センター」

成瀬が受話器を取り、消防指令室からの声がスピーカーから響いてくる。

「大村消防よりドクターカーの出動要請です。みなとみらいの花火大会で屋台のガスボンベが爆発。複数の傷病者がいるもようです」

本郷がすぐに反応する。

「成瀬、高岡、それから桜庭、行くぞ」

自分の名前を呼ばれたのがうれしく、桜庭は「はい！」と声を張る。

「すぐに向かいます」と成瀬が応答して受話器を置く。

「あの、俺は……？」

「応援は俺が呼んでおく」

深澤にそう言い残し、本郷は三人を連れて出ていった。

「え、それまでひとり？……」

がらんとした初療室にひとり残され、深澤は急に不安に襲われる。

外傷バッグを肩からさげた本郷たちがドクターカーを降りると、目の前には混乱した現場が広がっていた。

屋台の残骸からは今も煙が立ちのぼり、野次馬たちが遠巻きに囲んでいる。少し離れた場所にビニールシートが広げられ、そこに大勢の負傷者が横たわっている。

消防隊長が本郷に状況を伝える。

「屋台のガスボンベが引火し、爆発が二度起きました。傷病者は約四十人。救護所に赤が三人、黄色が一人、緑が五人。残りの傷病者は現在救出中です」

「わかりました」

負傷者のほうへと向かった成瀬は、トリアージが進んでいるのに首をかしげる。

「誰が……?」

そこに汚れた私服姿の美月が現れた。

「待ちくたびれましたよ」

驚く間もなく本郷が指示を出していく。

「成瀬、赤タグ頼む。高岡と桜庭はトリアージやってくれ」

「はい」

「朝倉、成瀬と一緒に赤頼む」

「はい」と美月が本郷に応える。

「おい、なんでいるんだよ」

「いいから、やりますよ」と成瀬のツッコみを受け流し、「それ貸して」と美月は桜庭から奪うように外傷バッグを受け取った。

走りだす美月のあとを成瀬が追う。


また渡せなかったな……。

指輪の箱をポケットに戻して歩きだそうとしたとき、「大輔?」と声をかけられた。

大輔が顔を上げると、大学時代の元カノが目の前に立っていた。

「やっぱり大輔。久しぶり」と懐かしそうにニコッと笑う。

「マナミ……」


美しい花火が連続で打ち上がり、歓声が沸き起こる。そこからわずか百メートルほどしか離れていない場所で、救急医たちが懸命に負傷者の処置をしている。

祭りと戦争が同時に行われているようで、その非現実感に桜庭はめまいを覚えそうだ。

至近距離で爆発に巻き込まれ、意識を失った高校生の処置を終えた美月のもとに、本郷がやってきた。

「朝倉、次にその患者を明邦病院に運ぶことになった」

「はい」と美月が応えたとき、少年がゆっくりと目を開けた。

「気がついた？　わかる？　今から君を明邦病院に搬送するからね」

「……心美は？」

「え？」

「……俺の彼女が……」


皆が病院を出てすでに一時間以上経ったが、いまだ応援の医師はやってこない。次第に膨らむ不安で、深澤は通常の作業すらままならない。

そのとき、突然ホットラインが鳴った。ビクッと深澤の体が震える。

「こんなときに……」

おそるおそる受話器を取る。

「はい。あさひ海浜病院救命救急センターです」

「笠松消防です。激しい腹痛を訴えている女性です。何か基礎疾患がありそうで……受け入れ可能ですか？」

内科なら自分でもどうにかなる。受け入れようと口を開きかけたとき、重野の恋人に責められている美月の姿や亡くなってしまった「ミスターA」の姿が脳裏をよぎった。

ひとりでやれるのか？

もし、患者に何かあったら……。

口をついたのは真逆の言葉だった。

「……申し訳ありません。受け入れできません」

「そんな……」と受話器の向こうで救急隊員が絶句する。「花火大会の事故の影響で、受け入れ可能な病院がほかにないんです。何とかなりませんか？」

「専門外の医者しかおらず、受け入れできません。申し訳ありません」

早口でそこまで言うと、深澤は受話器を置いた。

すぐにとてつもない罪悪感が襲ってきた。

「あさひ海浜病院にも断られた」

救急車内で患者を診ていた救急隊員が同僚の言葉に、「え？」と顔を上げた。「近隣でほかにこの時間帯受け入れ可能な病院はもうないぞ!?　県外まで運ぶしか……」

「ダメだ。それには状態が悪すぎる」

朦朧とする意識のなかで届いてくる会話の内容に、心美は絶望的になる。

救急車にストレッチャーを押し込みながら、美月が勇馬に声をかける。

「君の彼女、重症者リストに名前がなかったから、きっと大丈夫。安心して」

「よかった……」

勇馬を収容すると救急車は走り去った。

赤タグエリアはまだ処置を必要とする負傷者であふれている。美月が新たな患者のもとへ向かおうとしたとき、消防隊員がやってきた。

「向こうのほうで立ち往生している救急車があります。どなたかお願いできませんか」

「こちらは手一杯です」と成瀬が応じる。「受け入れ可能な病院を探してください」

「それが搬送先が見つからず、一時間以上立ち往生したままだそうです」

「え⁉」と美月が振り向いた。

「この騒ぎでどこの病院も混乱状態で……」

負傷者の処置をしながら本郷が尋ねる。「患者の容体は？」

「何か血管の基礎疾患がありそうで、強い腹痛を起こし、ショックになっています。緊急度が高そうです」

わずかな逡巡のあと、美月が言った。

「私に行かせてください」

「なに言ってるの？」と幸保が詰め寄る。「こっちの患者は？」

「赤タグ五名に黄色タグ七名。救急医が四人もいれば対応可能だと思います」

少し考え、本郷が美月に尋ねる。

「お前ひとりで診られるのか？」

「急性腹症を起こしていて一時間以上経っているなら、手遅れになります。何もしないで見捨てることだけはしたくありません……行かせてください」

「……」


必死に受け入れ先を探すもいまだ病院が見つからない。

「くそ……」

思わず漏れた救急隊員の声を聞き、不安のあまり心美の目から涙がこぼれる。

苦痛はおなかに居座ったまま、ありとあらゆる神経を引きちぎろうとしているみたいだ。

突然、救急車の扉が開いて、三十くらいのきれいな女性が乗り込んできた。

「なんなんですか、あなた」

驚く救急隊員を押しのけ、美月は心美を診る。その動きで救急隊員たちは彼女が医師だと気がついた。

美月は救急隊員を振り返り、言った。

「すぐにあさひ海浜病院まで搬送してください。彼女のことは私が受け入れます」

わずかな希望の光が心美のなかに射してくる。

ようやく現れた二人の助っ人救急医から、さっき自分が受け入れを断った腹痛の急患が搬送されてくると聞かされ、深澤は戸惑いながら救急入口へと走る。

サイレンとともに救急車が到着。扉が開かれると同時に飛び出してきたのは、私服姿の美月だった。

「どうして……」

続いて救急隊員たちがストレッチャーを降ろす。乗せられた患者の顔を見て、深澤はさらなる衝撃に言葉を失う。

「心美……」

ストレッチャーを初療室に運びながら美月が告げる。

「大動脈炎症候群の患者。腸管虚血かもしれない。すぐにCT検査を！」

準備のために新村が駆けだす。

ひとり残された深澤は、その場にぼう然と立ち尽くす。

俺は……受け入れを拒否した。

心美を……たったひとりの妹をたらい回しにしたのだ……。


無影灯が心美の腹を白く照らしている。

「血圧下がってます！」

新村の声に急かされるように、美月は腹部に当てたメスを引いた。

開腹を終えたとき、「遅くなった」と成瀬が手術室に入ってきた。「患者の状態は？」

「SMA（上腸間膜動脈）の血栓による腸管虚血」

術野を見て、成瀬が言った。

「血栓除去急ぐぞ」

「はい！」とうなずき、美月は電気メスを手にした。

スタッフステーションのテーブルで頭を抱え、深澤が震えている。

「心美……」

そこに本郷がやってきた。

「医者のくせに震えることしかできないのか」

深澤はゆっくりと顔を上げた。

「心美は?……心美はどうなったんですか!?」

「自分の目で確かめろ」

「……」

深澤は覚悟を決めて、手術の様子を覗くことができる見学室に入った。大きなガラス窓の向こうに必死に心美を救おうとしている美月の姿がある。

本来、あそこにいるべきは自分なのに……。

激しい後悔と強烈な自己嫌悪に襲われる。

しかし、深澤は美月から目を離すことができない。

気づかぬうちに深澤の顔は涙に濡れていた。

＊　＊　＊

目を開けると泣き笑い顔の兄が、自分を覗き込んでいる。

「お兄ちゃん……」

「ごめん、心美……ごめん……」

「？……」

様子を見ていた美月が、ゆっくりと心美のベッドへ歩み寄る。

「よかった……目が覚めたんだね」

「お姉さん……」

その瞬間、心美は救急車に美月が現れたときのことを思い出した。痛みや苦しみ、そして不安までが一気によみがえってきて、心美の目から涙があふれ出す。

「もう誰も、助けてくれないかと思った……」

心美の言葉が深澤の胸をえぐる。

「怖かった……」

泣きじゃくる心美の頭をやさしくなでながら、「もう大丈夫……大丈夫だからね」と美月が落ち着かせていく。

「……」

　ざわつく心をどうにか鎮めようと、深澤は屋上にやってきた。夜明け前のピンと張った空気に身をさらし、眼下に広がる海と横浜の街をぼんやりと見つめる。

　そこに美月がやってきた。

「あんた、辞めるんだって？　情けない……」

　売り言葉を買う気力など残っていなかった。

　自然と悔恨の情が言葉になる。

「……あいつ、心美のヤツ……夜になると、いつも俺の部屋に来てた。ひとりでいるのが怖いって。夜にみんなが寝ている間に、もし急に具合が悪くなったらどうしようって。そのまま誰にも気づかれずに死んじゃったら、どうしようって」

「……」

「俺……そのことわかってたのに、あいつのこと……」

　自分を責める深澤に、美月は言った。

「べつにあんただけじゃない」

「え？……」

「平気で患者の受け入れを断る医師がいる。平気でたらい回しにされる患者がいる。特に夜はどこの病院も当直を任されるのは若い医師ばかり。経験のない彼らが受け入れたところで、患者を救えないのもまた事実。べつに深澤だけが悪いんじゃない」

今の深澤にはなぐさめにならない言葉に余計に無力さを痛感させられ、さらに落ち込む。

「私の母親も……たらい回しにされた」

「え？……」

「いつものように夕飯を食べて、いつものようにお風呂入って、ベッドで眠りについた。でも、その夜に……」

美月は十二年前の悪夢のようなあの夜を思い出す。

深夜零時すぎ、人のものとは思えない苦しげなうめき声に美月は起こされた。声は母の寝室から聞こえてきた。

「お母さん？……」

ドアを開けると、床に倒れて頭を押さえ、もがき苦しんでいる母の姿が目に飛び込んできた。

「お母さん!?　お母さん!?」

美月はすぐに母の携帯で１１９に連絡した。

救急車はまもなく来たが、母を乗せたまま家の前にとどまり続けた。

受け入れ先が見つからなかったのだ。

四時間以上もたらい回しにされ、ようやく自宅から五キロ以上も離れた病院に搬送されたときには、すでに手遅れだった――。

「だから私は、絶対に受け入れる。たとえ百人中九十九人救えなかったとしても……たったひとり救えるんだとしたら、私はあきらめない」

「……」

「朝をさ……見せてあげたいんだよね」

海の向こう、わずかに顔を出した太陽が青紫色の空をオレンジに変えていく。

その光景に、深澤の心は震える。

ふと横に目をやると、どこか決意に満ちた顔で美月は朝陽を見つめている。


夜に働く。

誰もがやりたがらない仕事。

でも誰かがやらないと、そこには消えていく命がある。

俺は、このとき初めて知った。

朝陽がこんなにも美しく、尊いことを。

そして、朝陽を見られることは、決して当たり前ではないということを。


「これ、そちらのお医者さんの荷物だと思うんですが」

救急隊員にバッグを差し出されて「あ、渡しておきます」と桜庭が受け取る。

救急入口から病院内へと戻ろうとしたとき、急に心臓が苦しくなった。思わず胸を押さえたはずみでそのバッグを落として、中身が床にこぼれ出た。

発作が治まると、桜庭は慌ててこぼれたものを拾い集める。落ちた手帳からはみ出したカードをもとに戻そうとした桜庭は、何げなく裏を見て愕然とする。

「どうしてこれを朝倉が……」


スタッフステーションに戻った桜庭は、「はい、これ忘れ物」と平静を装い、美月にバッグを渡す。

「あ、あった！　よかったあ……」

無邪気に喜ぶ美月に、「バッグ忘れるとか、正気？」と幸保が冷たく言い放つ。

桜庭はつい美月を目で追ってしまう。

なぜあのカードを持っているのか、すぐにでも問いただしたいが、ぐっとこらえる。心の整理が必要だった。

そこに本郷が戻ってきた。

覚悟を決めたように深澤は声をかけた。

「あの、本郷先生」

デスクで作業しながら、「ん？」と本郷が応える。

「……もう少しだけ、ここで働かせてください。お願いします！」

頭を下げる深澤を、美月、成瀬、桜庭、幸保が見つめる。

「どういう風の吹き回しだ」

「このまま逃げたくないんです。よくわかんないけど……そう思ったんです」

「……」

「いいじゃないですか！」と桜庭が明るく言った。「同期は多いほうが心強いし。ねえ」と皆をうかがう。

成瀬が深澤に向かって、「残るなら腕を磨け。お前がポンコツだと、昼間の連中に俺までポンコツだと思われる」と言い放つ。

「……」

続いて幸保が口を開く。「こっちは本気で学びにきてるの。邪魔だけはしないでよ」

「……」

「いいですよね？　本郷先生」と桜庭がうかがう。

「……好きにしろ」

深澤がパッと顔を輝かせる。

「ありがとうございます！」

「やったね！」と桜庭も笑顔を向ける。

深澤がチラッと美月をうかがうと、思い切り目が合った。

「深澤！」

「なんだよ……」

「次、逃げ出したら、承知しないから」

「わかってるよ……」

ぶっきらぼうに答えたが、美月に受け入れてもらえたのはうれしかった。

「それより」と本郷が美月をジロリとにらむ。「どうしてオフの人間がいるんだ？」

「！　ちゃんと代休はいただきます。お疲れさまです」

逃げるように去っていく美月に、深澤がフッと微笑む。すかさず桜庭が、「なになに？　そういう感じ？」と茶化しにかかる。

「何がだよ！」

寮に入ったところで、深澤はついてくる桜庭を振り向く。

「お前、なんでついてくるんだよ」

「だって俺、ここ住んでるもん」

「え、お前も？」

「『も』ってことは……美月ちゃんも？」

「なに下の名前で呼んでんだよ」

「美月ちゃん、かわいいよね」

「お前、ヘンなことすんなよ！」

そこに成瀬も帰ってきた。ふたりには見向きもせずに自分の部屋に入る。

「へー。成瀬も一緒なんだ。楽しくなりそうだね」

その頃、美月は食材の入った袋を手に、大輔のマンションを訪れていた。

「たまには彼女らしいことしないとね」

合鍵でドアを開けて部屋に入る。

食材をテーブルに置くと、「大輔」と寝室を覗く。

ベッドの上では、上半身裸の大輔が見知らぬ美女と一緒に固まっている。

「美月……どうして……」

ぼう然としながら、美月は床に落ちている巨大なブラジャーをつまみ上げる。

「Gカップ……大輔えええええ！」

2

右太腿部を刃物で刺された男性を救急入口で美月が受け入れている。

「傷、深そうですね……。誰に刺されたんですか？」

「どうやら奥さんに」と救急隊員が答える。「浮気がバレたみたいで」

「浮気……」

患者を初療室へ運びながら、美月の脳裏にはどうしても見知らぬ女とベッドにいた大輔の姿がチラついてしまう。

「何、ボケッとしてんだ。早く動脈ライントとれ」と成瀬に言われて我に返る。

「わかってます」

隣の処置台では本郷が別の患者を診ている。さらにその横にでは幸保と深澤がそれぞれ患者の処置をしている。今夜も救命救急センターは騒がしい。

「深澤、心電図持ってきて」

「了解！」と幸保に応えて、深澤が処置台を離れる。

「桜庭！　シース（カテーテルの挿入口を保護する器具）持ってこい」

「はい！」と本郷に応え、桜庭が処置台を離れる。

それぞれが急いで取りにいこうとしたので、二人はぶつかってしまう。そのはずみでそばにあったカートがひっくり返る。

「ああ、もう」と舞子が眉をひそめる。

「すみません！」

「ごめんなさい！」

同時に頭を下げるふたりに幸保はあきれた。

「ポンコツふたりが……」

傷を消毒しながら美月が患者の男性に尋ねた。

「どうして浮気なんてしたんですか？」

「え？　先生にもあるだろ。毎日みそ汁ばっかり飲んでると、たまにフカヒレスープ飲みたくなる瞬間が」

「ありません」とピシャリと言って、美月は乱暴に男性の傷口に触れる。

「痛てててて！」

そんな美月を成瀬がいぶかしそうに見る。

スタッフステーションでカルテの整理をしながら、桜庭がため息交じりにつぶやく。

「今日も更新しちゃったなあ。ペコペコ回数……」

「ペコペコ回数？」と深澤が反応する。

「頭下げた回数のこと。毎日腰曲げすぎて筋肉痛だよ」

「わかるわ〜」

「ヘンなところで共感し合わないでくれる？」とふたりにツッコミを入れ、「それより朝倉」と幸保は美月に視線を移した。「何かあったの？　顔怖いんだけど」

美月は呪詛をかけるかのように延々と外科結びの練習をしているのだ。

「どんな事情があるにしろ、職場に私情を持ち込むとはガキだな」

成瀬に言われ、美月はムッとして手を止める。

「私情……ひょっとして失恋!?」と桜庭が美月をうかがう。

「違うから！」

美月は即座に否定するもすぐに勢いは弱まる。「まだその……一歩手前だから」

「へえ。じゃあ、浮気されたとか？」

鋭い幸保に美月はギクッとする。

「え、図星……？」

「マジかよ」

桜庭と深澤が顔を見合わせる。

なぐさめるように成瀬が言った。

「こんな仕事してて、まともな恋愛なんかできるはずないだろ」

「え？」

「普通の人とは生活リズムが違うんだ。どうしたってすれ違いになる。それに、四六時中患者のことしか考えてないヤツと付き合えると思うか？」

痛いところをつかれて美月は尋ねた。

「それはつまり、私は普通じゃないと？」

「普通の人みたいに恋愛がしたいなら、さっさとナイト・ドクターなんかやめるんだな」

「またそれですか!?」

「まあまあ」と深澤がなだめたとき、ホットラインが鳴った。すばやく美月が受話器を取る。「はい。あさひ海浜病院救命救急センターです」

「六歳の子どもが激しい腹痛を訴えています。受け入れ可能ですか」

本郷が美月に「受け入れろ」と指示を出す。

「運んでください」

美月が受話器を置くより先に、成瀬はスタッフステーションを飛び出した。負けじと美月もあとを追う。

ふたりを見送りながら、桜庭が言った。

「あのふたりってさ、なんであんなに仲悪いの？」

「昔、同じ救急にいたんでしょ。元カレと元カノだったりして」と幸保が愉しげに軽口を叩く。

「いやいや、ないだろ……ないない！」

自分に言い聞かせるように強く否定する深澤を、「動揺しちゃって」と桜庭がからかう。

「してねえし！」

そのとき、本郷が口を開いた。

「深澤、高岡、ちょっと来い」

「？」

救急入口で救急車を待ちかまえながら、美月が成瀬を牽制する。

「私が診ますので、先輩は手を出さないでくださいね」

救急車の扉が開き、男の子が元気に飛び出してきた。続いてギャル風の若い母親がスマホで話しながら降りてくる。

「パパー？　うん、今着いたー。大丈夫、大丈夫。また連絡するー」

電話を切った母親に美月がおずおずと尋ねる。

「あの……急患は？」

「ああ、この子。さっきまですっごいおなか痛そうでさー。マジ心配で」

男の子は救急車を見回し、「カッケえ！　本物だあ！」と大興奮。どこをどう見ても急患とは思えない。

あ然とする美月に、成瀬が言った。

「早く連れてけ。お前が診るんだろ？」

「……」


本郷に連れられ、深澤と幸保がやってきたのは救命救急センターの外来受付だった。高齢者に交じり、幼子を抱いた母親の姿もかなり見受けられる。

「今夜のウォークイン（夜間に徒歩や自家用車などで直接来院する患者）の当番はお前たちだ」

「え……」と渋い顔をする幸保に、本郷が尋ねる。

「なんだ、不服か？」

「私はここに技術を身につけにきてるんです。外来の軽症者の相手なら、深澤ひとりで十分じゃないですか？」

「いやいや」と慌てて深澤が言った。「さすがにひとりでこの人数は無理です！」

本郷は取り合わず、「頼んだぞ」と去っていく。

ため息をつく幸保に、深澤が尋ねる。

「それにしても、どうして子どもがこんなに？」

「今は共働きの家庭が増えてるでしょ。親が昼間に病院に連れていけない分、夜間に子どもの受診が増えてるとか。でも、その九割が軽症者で、そもそも病院に連れてくる必要すらない患者」

「え……それって」


「コンビニ受診？」と桜庭が成瀬に聞き返す。

「ああ」と成瀬は美月が診察している男の子に目をやって続ける。「夜間の時間帯や休日に緊急性のない軽症者が受診にくること。その典型例があれだ」

「どこが痛むかな？　ここかな？」

聴診器を腹部に当てて尋ねる美月に、あっけらかんと男の子が返す。

「もう治った！」

「……」

診察を終えた美月は、待合スペースの母親に結果を伝える。

「どこにも異常は見られませんし、おそらく急にたくさん食べたせいで一時的に痛みが出たんでしょう。安心して大丈夫ですよ」

「やっぱり」

「やっぱり？」

「いやー、大したことないかなぁとは思ったんだけどさ、一応ね。うち車なくて、救急車なら呼んでもタダじゃん」

「……」

苛立ちながら電子カルテに「腹痛」と記入する美月に本郷が声をかけた。

「さっきの患者、大したことなくてよかったな」

「ああいうコンビニ受診のせいで、本当に治療が必要とする患者がなおざりになったら……正直腹が立ちます」

「どんな患者でも受け入れる。それがうちのモットーだろ」

「でも……」

「今夜はウォークインの患者が多そうだ。落ち着くまで朝倉もそっちに回れ」

「え……」

＊＊＊

救急外来の診察室で、美月が初老の男性を診ている。男性は帽子を目深にかぶり、顔を伏せている。

「痛むのは右足ですね？」

「はい……。階段から落っこちて、右足が折れたかもしれなくて……」

問診票を確認していた美月は、あることに気づいた。

「……そうですか。ではベッドに横になって、足を見せていただけますか？」

「あ、はい」と男はすたすたとベッドに移動する。

「骨が折れてるかもしれないのに、普通に歩けるんですね」

「！……」

美月はすばやく男性の帽子をはぎ取った。あらわになった顔を見て、「やっぱり……」とため息をつく。

隣の診察室では、深澤が一歳になる男児を抱いた母親、鮎川希実《あゆかわのぞみ》と向き合っていた。

「少し鼻水が出ていて、心配で……」

その男の子、玲生《れお》のはだけた胸に聴診器を当て、深澤が診察していく。

「胸の音に異常ありませんし、熱もありません。おそらく鼻風邪でしょう。安心しても大丈夫ですよ」

「そうですか」と希実は胸をなで下ろす。「すみません、夜遅くに鼻水くらいで連れてきてしまって……。昼間は私も夫も仕事で、なかなか連れてこられないもので」

「小さいお子さんはちょっとしたことでも心配ですよね。大丈夫です。気になさら――」

「困るんですよ！」

隣から美月の大きな声が聞こえてきて、思わず深澤は口を閉じた。

「大したことない症状で夜間に病院に来られたら！」

希実が申し訳なさそうにうつむくのを見て、深澤は診察室を飛び出した。

「夜はただでさえ人手が足りないんです！　それをなんですか。ちょっと足くじいたくらいでわざわざ受診して。あり得ませんから！」

美月が初老の患者を怒鳴りつけているところに、慌てて深澤が割って入る。

「おい、患者さんになんてこと言うんだよ……」

続けて桜庭も飛び込んでくる。

「そうだよ、美月ちゃん！」

「美月ちゃん？」と叱られていた患者が桜庭を振り向く。「君、妙に美月に馴れ馴れしい態度だな」

「え？」

「この人は、その……」

深澤は問診票の『朝倉哲郎《てつろう》』の文字を見て、「え……」と目を丸くした。

「朝倉……まさか……」

「父です」となぜか哲郎は胸を張る。

「ウソ……」と桜庭はあ然とし、美月と哲郎を見比べる。美月はどうにも居たたまれなくなり身をすくめる。

「お邪魔してすみません……。でも、足をくじいたというのは本当なんですよ。痛くて、痛くて」

言い訳をする哲郎を美月はにらみつけた。

「ここはもっと緊急性のある重症患者が運ばれてくる場所なの。お父さんみたいな軽症者が気軽に来るとこじゃないの！」

親子ゲンカにまぎれてそっと抜け出すと、深澤は隣の診察室に戻る。

「すみません、騒がしくて」

「いえ……やっぱりご迷惑でしたよね。すみません」と希実は立ち上がった。

「え？」

「もう大丈夫ですので、登園届にサインだけください。明日、保育園で必要になるので」

「鮎川さん？」

「失礼します」と玲生を抱いて、希実はそそくさと診察室を出ていった。

「……」


スタッフステーションで美月がカルテをつけていると成瀬が入ってきた。

「医者の父親がコンビニ受診とは笑えるな。図々しいのは父親譲りか」

嫌みを言われても、本当のことなので言い返せない。かばうように深澤が言った。

「コンビニ受診ってさ、そんなに悪いことなのかな」

「なに言ってるの」と美月が気色ばむ。「そのせいで世の中の医者がどれだけ疲弊してるかわかってる?」

「でも、普通不安だろ? 怪我したり、具合が悪かったら、すぐに医者に診てもらいたいって思って当然だろ」

「それはそうだけど……軽症者の相手してる間に本当に治療が必要な重症者がたらい回しになったりしたら……意味ないでしょ」

美月の母親のことを思い、深澤は口を閉じた。

ふたりの会話を聞きながら、桜庭がこっそり哲郎のカルテを確認する。家族の既往歴の欄に『妻 脳出血』の文字を発見してハッとする。

「おい桜庭、何してるんだ?」

成瀬に声をかけられ、桜庭は「あ、いや」と慌ててカルテを閉じた。「ちょっとトイレ」とスタッフステーションを出ていく。

「?」

急いで外来受付に行くと、哲郎が会計を待っていた。

「朝倉先生のお父さん」

「君は……」と哲郎が怪訝そうに振り返る。

「娘さんの同僚の桜庭です。足の怪我、大したことなくてよかったですね」

「はい……なのに受診して、申し訳ない」

美月の叱責がよほどこたえたのか、哲郎は体を小さくする。

「いえいえ。娘さんに会いたかったからですよね？」

「え？……」

「カルテを拝見しました。埼玉のご実家からわざわざうちの病院に来られるなんて……何か事情でもあるんですか」

哲郎は少し逡巡して、口を開く。

「じつは私、美月の今の仕事に反対しておりまして」

「え？」

「娘が夜遅くに働くなんて、親としては心配じゃないですか。もっと普通の病院で働くよう美月には言ったんですけど、逆ギレされてしまいまして……」

「容易に想像できます」と桜庭は苦笑する。

「それ以来、いくら連絡しても出ないし、家もいつの間にか引っ越してしまっていて」

途方に暮れたように哲郎は続ける。「こういうとき、妻がいればよかったんですがね」

「……その、奥さまは？」

「亡くなりました。十二年前に……」

十二年前……やっぱり……。

桜庭の顔色が変わったことに気づいて、哲郎が尋ねる。

「どうかしましたか?」

「あ、いえ……」


今のところ急を要する患者がいないということで美月は外来に呼び戻された。

「斎藤《さいとう》篤男《あつお》さん、どうぞ」

診察室のドアが開き、四十くらいの気の弱そうな男性が入ってきた。

「どうされましたか?」

「しゅちゃをかんちゃいまして」

「……はい?」

首をかしげる美月に、斎藤は大きく口を開けてみせる。

「あ、舌を? 噛んじゃったんですね」

口を開けたまま、斎藤は何度もうなずく。

「痛そうですね……。すぐに治療しますから安心してくださいね」

やさしい言葉をかけられた斎藤は、ドキッとしてしまう。

ペンライトを取り出して美月が言った。「はい、舌を出してください」

無防備な顔が近づき、斎藤の心臓が跳ねる。


勤務を終えて医局に戻った深澤は、ぐったりしている幸保と美月を見て、思わず声をかけた。「どうしたんだよ、ふたりとも」

「コンビニ受診のオンパレード。あり得ない……」

「左に同じ」

「ま、そんな夜もあるよね」と桜庭が苦笑する。

「俺は結構、ウォークインの患者、合ってるかも……」

「深澤はただ、チキンなだけでしょ」と美月が返す。

「チキン?」

「失敗することを恐れて、むずかしい処置は何もしようとしないチキン」

「!……」

「言うねー」と幸保が笑う。

苛立ちをぶつけるように美月が続ける。

「そんなんじゃ昼間の連中に、いつまでもスペアだとか二軍三軍って言われるよ」

ムッとしつつも、深澤には言い返せない。

エントランスを出ようとしたところでスマホが鳴った。画面に表示されている『大輔』という名前を見つめ、美月は出るべきか悩む。指が動かないまま着信は切れた。

「浮気した彼氏から？」

振り向くと深澤が並びかけてきた。

「電話出ないとか、朝倉も案外チキンなんだな」とさっきの仕返しのように言う。

「デリカシーのないヤツ……」

美月が応戦しようとしたとき、「浮気した彼氏？」と哲郎がひょっこり割って入った。

美月のことをずっと待っていたのだ。

「！　お父さん……」

「美月、お前もしかしてあの大輔くんに浮気されたのか？　あの仏のように心が広くやさしそうだった大輔くんに、浮気されたのか!?」

待合スペースに座る患者たちが、チラチラと美月をうかがう。

「お父さんには関係ないから」

無視して帰ろうとする美月に、哲郎が言った。

「夜間勤務なんてやめろ！」

美月の足が止まる。

「わざわざ夜中に働く意味がどこにある？　ヤクザとか酔っ払いとか危険な患者が多いだろうし、体を壊したらどうする！」

「……」

「父さんはな、お前に何かあったら母さんに顔向けできない……。お前には普通に幸せになってほしいんだ」

「余計なお世話。大体、娘の職場に押しかけるとかあり得ないから。定年になって暇だからって、首つっこんでこないで」

父の懇願をぴしゃりとはねつけると、美月は去っていく。

「美月！」

肩を落とす哲郎を気にしながら深澤は美月を追った。

ずんずんと前を行く美月に、「なあ」と深澤が声をかける。ペースをゆるめず、「なに」と美月が応える。

「お父さんのことさ、ちょっと冷たすぎるんじゃない？　朝倉のこと心配して言ってくれてるわけだしさ」

「違う。そうじゃない」

「え？」

「あの人は……罪滅ぼしがしたいだけ」

「どういう意味だよ」

　交差点の信号が赤になり、美月は歩みを止めた。

「うちのお父さん……あの夜、家にいなかったから」

　深澤はハッとして、美月を見る。

「経営してた工場がつぶれて、田舎の親戚がやってる旅館に住み込みで働くことになって……給料低いうえに単身赴任。うちのお母さんは昼間パートしながら、家のこと全部ひとりでやって私を育ててくれた。でも……」

「……」

「お母さんが倒れたのは、無理をさせた自分のせいだって思ってるみたい。だから私にはとにかく無理するなって、もううるさくて……医者になることすら反対された」

「……」

「大体さ、普通の幸せってなに？」

「え？」

「私たち、そんなに普通じゃないのかな……」

信号が青に変わり、会社や学校に向かう大勢の人々が駅があるこちら側に向かって急ぎ足で歩いてくる。

そんな人たちとすれ違いながら深澤は言った。

「みんなが働きに出る頃、俺らは家に帰って、ようやく布団に入って眠りにつくんだ。そんな生活してるヤツ、どう考えたって普通じゃないだろ」

「……」


寮に帰ると、大輔がエントランスで待っていた。驚く美月の顔を見て、「あ、じゃあ俺、失礼します」と深澤はそそくさと自分の部屋に入っていく。

大輔は美月の前に立ち、頭を下げた。

「本当にごめん……。どんな言い訳を並べても許してもらえないってことはわかってる。でも……本当にごめん」

そう言うと、もう一度深々と頭を下げる。

「……」

そこに成瀬が帰ってきた。美月と大輔に気づき、慌てて身を隠す。

「……どうして？」と美月は大輔に尋ねた。「私たち、そりゃあ会える時間少なかったかもしれないけど……仲よくやってたよね？　なんであんなことしたの？」

「……自分でもわからない。でも……寂しかったんだと思う」

「え……？」

「俺はただ美月と……普通のカップルみたいにデートがしたかったんだ」

「！……」

「ごめん……」

たしかに身勝手だったと思う。そのやさしさに甘え、大輔よりも仕事を優先させていたのはまぎれもない事実だ。

「……ううん。私のほうこそごめん」

素直に謝られて大輔が驚く。

「大輔のこと……全然、大事にできてなかったね」

「……美月は悪くないよ。俺が悪かったんだ」

「大輔……」

「今までありがとう……。仕事、頑張れよ」

まるで今生の別れのような言葉を残し、大輔は去っていった。

その場に立ち尽くす美月の目に涙がたまっていく。

気づかれないようにしていた成瀬に、「あれ、何してるの？」と桜庭が声をかけた。

成瀬がビクンと振り返る。

「今帰り？」

「しっ！　静かに！」

しかし美月は気づいてしまい、うるんだ目で成瀬をにらみつける。

「聞いてたんですか？　サイテー！」

自室に消えた美月をぼう然と見送り、桜庭は頭を抱えた。

「うわあ、ごめん。俺やっちゃった？」


泣きながらクッションに八つ当たりしているとチャイムが鳴った。

「大輔？」と美月は慌てて玄関に向かう。

ドアを開けると、目の前に立っていたのは哲郎だった。

あ然とする美月に、哲郎はスーパーの袋をかかげる。

「せめて朝食だけでも一緒に……ん？　美月、お前泣いてるのか？」

美月は勢いよくドアを閉めた。

「美月!?　美月!?」

「……」

深澤が洗濯物を畳んでいると、玄関のほうから大きな声が聞こえてきた。

「美月！　大丈夫か!?　美月！」

気になった深澤はドアを開けて、外の様子をうかがう。

「あの……大丈夫ですか？」

「君は……」

哲郎は病院で美月と一緒にいた同僚だと気づき、「ちょっと失礼するよ」と強引に部屋に入ってきた。

「え!?　ちょっと!?」


テーブルに並んだ手料理を見て、「うわ〜」と哲郎は声をあげた。「君、料理うまいんだね！　シェフのほうが向いてたんじゃない？」

「自分でもそう思います」と深澤は不本意ながら同意する。

いきなり部屋に上がり込んできた同僚の父親に食材を押し付けられ、食事を作っているのだから自分もとことんお人好しだと思う。

「ちょっと美月にもおすそ分けを……」と料理を持って出ようとする哲郎を、深澤は慌てて止めた。

「お父さん！　娘さんもひとりになりたいときってあると思いますので、まずは食べてからにしましょう。ね？」

「……そうだね」と哲郎は皿をテーブルに戻した。

さっそく食べはじめ、「ん～、うまい」と哲郎は笑顔になる。「今の彼女もこの手料理で落としたのか？」

「は？　彼女？」

「だって同棲中なんだろ？」と室内を見回しながら哲郎が返す。女性ものの品々が部屋のあちこちに見受けられる。そして壁に掛けられた制服に目をやり、下卑た笑みを浮かべた。

「コスプレ好きか～」

「違います、違います！　妹のです！」

「妹？」

「はい。でも今はうちの病院に入院してて……。生まれつき病気で、小さい頃から入退院をくり返してて……俺が面倒みてるんです」

「そうだったのか……。君はそれで医者に？」

「まあ、妹を元気にしてあげたいって思ったのが、きっかけですかね。実際は何もできないダメ医者ですけど……」

「そうか……。美月はね、昔、小学校の先生になるのが夢だったんだ」

「え？……」

「でも、あることがあってから……医者を志すようになった」

「……もしかして、奥さまのことですか？」

知っているのか……と哲郎は意外そうに深澤を見る。

「すみません。娘さんからうかがいました」

「本当に情けない話だよ。あのとき私は何もできなかった……。もし私が家にいて、あの子ひとりにあんな思いをさせずに済んでいたら……今頃、美月は何をしていたんだろうって、ときどき思うんだ。もっと普通の仕事を選んで、普通に恋をして、結婚だってしていたかもしれない。あの子の未来を、なんだか変えてしまったような気がしてね」

「……」

風呂上がりの美月がスマホを手に、大輔の連絡先をじっと見つめている。頭の中でうるさいくらいに大輔や深澤、哲郎から告げられたフレーズがくり返される。

『俺はただ美月と普通のカップルみたいなデートがしたかったんだ』

『そんな生活してるヤツ、どう考えたって普通じゃないだろ』

『お前には普通に幸せになってほしいんだ』

普通、普通、普通――普通って何？

美月は編集ボタンに触れ、大輔の連絡先を削除した。


海沿いのカフェテラスで幸保が青山とのデートを楽しんでいる。幸保が店員にデザートを頼んでいると、青山のスマホが震えた。すぐに青山はメールを返す。

リズミカルに指を動かす青山を眺めながら、幸保が言った。

「ねえ、北斗はさ、浮気したりしないよね？」

「は？　なんだよ、急に」

「夜働く北斗のために生活リズムまで合わせてる彼女を裏切ったりしないよね？」

「当たり前だろ」と答え、青山はスマホをしまう。

表情に変化が見られないので、やはり仕事のメールなのだろう。

自分にそう言い聞かせ、「そうだよね」と幸保は微笑んだ。

＊＊＊

数日後。

あくびをしながら仕事の準備をしている深澤に、「ねえ」と美月が話しかける。

「あれからうちのお父さん、部屋にかくまってるって本当？」

「かくまってるって……犯罪者じゃないんだからさ」

「ホントごめん……」

ふたりの会話を聞いていた桜庭が思わず「え!?」と割って入る。「美月ちゃんのお父さん、まだ帰ってなかったの？」

「娘が口を利いてくれるまで帰らないらしい」

深澤はバッグから弁当の包みを取り出し、「これ、お父さんから」と美月に渡す。「大好物の唐揚げ入りだって」

美月が包みを開けると、大きなおにぎりがゴロンと出てきた。

「相変わらずデカすぎる……。これ食べるたび、アゴはずれそうになるんだよね」

「話くらいしてやれよ。たったひとりの親なんだし、もっと大切にしたほうが……」

「余計なお世話。さっさと追い出してくれていいから」

行こうとする美月を、「待ってよ！」と深澤が引き留める。「心配してくれる親がいるってさ、すげえ幸せなことだと思うよ、俺は」

「……」

「……外来、行ってくる」

医局から深澤の姿が消えると、幸保が言った。

「ねえ……深澤ってさ、親いないのかな？」

「え？」

「だって妹の……心美ちゃんだっけ？　いつも深澤ひとりで世話してるんでしょ」

「……」

廊下から病室をうかがうと、心美はベッドの上で教科書を開き、勉強をしていた。

「心美ちゃんに何か用かな？」

美月が振り向くと、八雲がこちらにやってくる。

「八雲院長……」

廊下で向き合い、ふたりは話しはじめる。

「院長は心美ちゃんが四歳のときから診てるんですよね？」

「ああ」と八雲はうなずいた。「救急医としてここで働いていたとき、何度か彼女が運ばれてきて……それからかな」

「心美ちゃんと深澤先生はその……ずっとふたりで？」

「深澤先生が高校生の頃、ご両親が事故に遭って、亡くなってね。周りの親戚はかなり反対したみたいだけど、深澤先生は絶対自分が医者になって妹を養うときかなかったみたいで。いくつもバイトを掛け持ちしながら医大を卒業した」

「そんなに根性あるタイプだったんですね」と美月は驚く。

「自分のためには頑張れない。でも、誰かのためなら頑張れる……どう？　救急医に向いてると思わないかい？」

「……さあ、どうでしょう」

戸惑いながら答える美月に、八雲は微笑んだ。

救命救急センターの外来受付で深澤が患者を見送っている。そこに玲生を抱いた希実がやってきた。

「鮎川さん?」

「あ、先生……」

「玲生くん、またどこか具合悪いんですか?」

「ちょっとだけ熱があって…」

深澤が玲生の顔を覗き込む。

「ん? これは……」

そのとき、美月が診察室から顔を出した。「鮎川さん、どうぞ」

「はい」

玲生を診察して美月が言った。

「肺炎じゃなさそうですし、風邪ですね」

「そうですか……」

安堵しながら希実は言った。「すみません、風邪なんかでこんな時間に……」

「いえ」

「あの、登園届にサインをいただけますか? うちの保育園、熱が出た場合、ただの風邪っていう証明がないとこの子を預けられないんです」

「……わかりました。玲生くん、今書くからね」と美月が顔を近づけたとき、玲生のお尻が「ブッ」とかわいい音をたてた。

「あ、すみません……臭いますね」

「どうぞ。オムツ、ここで替えてください」

「すみません……」

診察台でオムツを替えはじめた希実は、玲生の排泄物を見て、一瞬固まる。

「どうかされましたか？」

「あ、いえ……」

そこに新村が顔を出した。「朝倉先生、ちょっと……」

「すみません」と希実に断り、美月は診察室を出た。

「先生が以前治療した斎藤さんという患者さんが緊急搬送されてくるそうです」と新村が告げる。

「あの舌を噛んで怪我した？」

「はい。今度は自分で噛み切って……重症だそうで」

「噛み切るって……すぐに行きます！」

美月は診察室のドアを開け、希実に言った。

「すみません。登園届はあとでお渡しするので、待合室でお待ちください」

「あ、はい……わかりました」

「オムツはあの容器に！」と医療廃棄物の容器を指さして、慌ただしく去っていく。

希実は少し逡巡しつつも、丸めたオムツをそこに捨てた。


美月が初療室に入るとすぐに、斎藤がストレッチャーで運ばれてきた。

「斎藤さん、大丈夫ですか⁉」

虚ろな目で斎藤は美月を見つめる。

「今、処置しますからね」と斎藤に言い、美月は新村に「縫合セット！」と指示する。

「はい」

桜庭が顔をしかめながら言った。「舌を噛み切るって、超痛いじゃん」

「自傷行為か……」と成瀬がつぶやき、「なんで舌を？」と幸保は首をかしげる。

「斎藤さん、大丈夫ですからね。口を開けましょう」

斎藤が弱々しく口を開け、美月が口腔を覗き込む。斎藤も同じように美月のことをじっと見つめている。

そんな斎藤の様子に成瀬は何か不穏なものを感じてしまう。

処置を終えてスタッフステーションに戻ってきた美月に、桜庭が声をかける。

「斎藤さん、大丈夫だった？」

「うん。縫合して、もう状態は安定した。でも……噛み痕っていうのかな？　ちょっと違和感が……」

「どういうことだ？」と成瀬が食いつく。

「歯形の向きが自分で噛んだにしては逆っていうか……むしろ誰かに噛まれたんじゃないかって」

「え、噛まれた!?」と桜庭はギョッとする。「誰に？」

「さあ」

そこに深澤が入ってきた。

「なあ、朝倉。鮎川さんのお子さん、玲生くんどうだった？」

「ああ、ただの風邪。保育園に預けたいから登園届にサインが欲しいって」

「いるよねー。そういう自己都合でコンビニ受診しちゃうワーキングママ」と幸保が非難めいた物言いをする。

「何だったんだろう……あの黄疸っぽい感じ」

深澤の意味深なつぶやきに、美月が尋ねる。「黄疸？」

「玲生くん、顔全体が何だか黄色い気がしたんだよね」

「え？」

「顔色が少し悪かっただけじゃなくて？」と幸保が尋ねる。

「まあ、そうかもしんないけど……」

「もし本当に黄疸なら、別の疾患の可能性があるんじゃないか」

成瀬の指摘に美月は焦る。聞いていた本郷が美月に尋ねる。

「朝倉、患者を診察したとき、ほかに何か気になることはなかったか？　なんでもいい。思い出せ」

たしかあのとき、玲生くんがウンチをして……。

オムツを替えるとき、わずかに希実の表情が変化したことを美月は思い出した。

美月はすぐに外来診察室の医療廃棄物容器から玲生のオムツを回収してきた。畳まれているオムツを開くと、「これは……」と顔色を変える。

覗き込んだ本郷も表情を変える。「便が白い……まずいな。すぐに患者に再診するように伝えろ」

「はい」

美月は慌てて外来の待合スペースへと向かうが、すでに希実と玲生の姿はなかった。

散らかったアパートの部屋に玲生を抱いた希実が帰ってきた。ソファに寝転んでいる夫の聡《さとし》から台所のシンクに溜まった食器へと視線を移すと、ついつい愚痴が口をついて出る。

「もう！　洗い物ぐらいしといてよ」

「こっちだって今帰ってきたんだよ」と寝転んだまま聡が返す。「玲生は？　また熱？」

「うん……」

「ったく、そのくらいでわざわざ病院連れてくなよ。しかもこんな時間に……非常識だと思われるだろ」

「仕方ないでしょ。ほかにも社内で子育てしてる人なんてたくさんいて、みんな夫が協力的だったり、実家のサポートがあったりして、普通に働いてる。私だけ休むわけには」

「サポートできない俺が悪いって言いたいのか？」

聡は身を起こすと、不機嫌そうな顔を向けてくる。

「違う。そういうことじゃ……」

「母親なら、子どもを優先しろよ」

ムッとした希実の口から、つい本音がこぼれる。

「私だってそうしたい。聡の稼ぎがもっとあれば、こんなに無理して働く必要だってないのに」

「もういい！　寝る」

聡は立ち上がると、風呂場に向かう。

少し言いすぎたかと希実が反省しているとスマホが鳴った。画面を見ると未登録の番号が表示されている。

「こんな時間に誰だろう……」

不審に思った希実は、電話を切ってしまう。

ソファで寝落ちしていた希実は玲生の泣き声で目を覚ました。うっすらと目を開けると、聡が玲生のオムツを替えているのが見える。

希実が起きたことに気づいた聡が、「なあ」と話しかけてきた。

「玲生のやつ、また白い便してるんだけど」

「え？」

「医者にちゃんと聞いたのか？」

ただの風邪だと言われ、なんだか申し訳なくて尋ねそびれていた。そのことを少し後悔しながら、自分に言い聞かせるように希実は返す。

「ミルクの飲みすぎかなんかでしょ」

「熱もまだあるし、心配だな……」

「だったら……聡が明日、病院に連れてってよ」

「え？　俺は仕事が――」

「私にだって仕事がある」と希実は聡の言葉をさえぎる。「会社でも、保育園でも、病院でも……もうあちこち頭下げるの疲れた」

「希実……」

たかぶる気持ちを抑えようと、希実はスマホを手に取った。同じ番号から何十件もの着信があるのに気づき、驚く。

「なんだろう……」

不安になってリダイアルしようとしたとき、「玲生？　玲生!?」と息子を呼ぶ夫の声が聞こえてきた。

見ると聡の腕の中で玲生がぐったりしている。

「！……」

＊　＊　＊

美月がスタッフステーションで斎藤の血液ガスの数値をチェックしていると、成瀬がやってきた。

「鮎川さんから折り返しの連絡はあったか？」

「いえ……」

小さく首を振ると、美月は、

「私……コンビニ受診する患者のこと、どこか非常識な人たちって思ってました。きっと、その雰囲気が鮎川さんにも伝わっちゃったんだと思います。だから……」

玲生くんの白い便のことも言い出せなかったんだ……。

落ち込む美月に、深澤はどう言葉をかけていいかわからない。

そのとき、ホットラインが鳴った。すぐ近くにいた本郷が受話器を取る。

「はい。あさひ海浜病院救命救急センター」

「一歳男児、意識障害での受け入れ要請です。一度あさひ海浜病院を受診され、風邪との診断で帰宅。その後、徐々に意識レベル低下、現在レベルＪＣＳで20、血圧触診で80、心拍数140。名前は鮎川玲生くん」

「！……」

「すぐに連れてきてください」

深澤、成瀬、桜庭、幸保の四人は受け入れ準備にかかる。

ひとりぼう然と立ち尽くしている美月に、成瀬が言った。

「朝倉、行くぞ」

「！……はい」


救急車から運び出される玲生を、美月と成瀬が処置台へと移す。希実がすがるようにふたりに尋ねる。「先生、玲生に何が……？」

「今から診察します。ご両親はこちらでお待ちください」と成瀬が希実と聡に待合スペースを示す。

「お願いします！　玲生を助けてください！」

「お願いします！」

希実と聡の祈りの声を背に、美月と成瀬は初療室に入っていく。

おなかにエコーを当てるとすぐに異常が判明した。

「5ミリ、胆管が拡張している……。先天性胆道拡張症の可能性が高い」

美月にうなずいて、成瀬が言う。

「発熱していたのはおそらく胆管炎が原因だな」

「ホントにただの風邪じゃなかったんだ……」

幸保のつぶやきが美月の心に刺さる。

「子どもはよく発熱するからな。今回もただの風邪と、どこか決めつけて診察をした。違うか？」と本郷が美月に問う。

「……すみません」

うつむく美月を深澤が気にかける。

腹部を触診していた成瀬が「腹膜刺激症状もあるな。胆道破裂を起こしているかもしれない」と所見を示す。

「ドレナージ（ドレーンやカテーテルなどを用いて血液、膿、滲出液《しんしゅつ》・消化液などを体外に誘導・排出すること）が必要だ。外胆汁瘻《がいたんじゅうろう》の造設するぞ」

「本郷先生が執刀するんですか!?」と成瀬は驚く。「小児外科医に連絡したほうが……」

「敗血症になれば手遅れになる」

「でも普通、こういうときは専門医に任せたほうが……」

反論する幸保に、「普通？」と本郷が鋭い視線を向ける。「今この病院を任されてるのは俺たちだ。何が普通かは俺が決める」

本郷の覚悟に、美月も奮い立つ。

「成瀬、サポート入れ」

「はい」

手術室へ向かおうとする本郷に美月は言った。

「本郷先生！　私も……サポートに入らせてください」

本郷は足を止めて美月を振り返る。

「お願いします。玲生くんを……助けたいんです」

「……わかった。ついてこい」


開腹して患部を確かめると、本郷は言った。

「やはり胆道拡張だ。ピンホールの胆道破裂を起こしている」

「じゃあ……胆道ドレナージを？」

成瀬にうなずき、本郷は続ける。

「体力のない乳児だ。一時間以内に終わらせるぞ。朝倉、こっちに引いてくれ」

指示に従い、美月は腸管を引く。

視野が広がり、本郷の手の動きがスピードを増す。美月の常識ではありえない速さで、本郷は手術を進めていく。

手術室前の廊下ではベンチに座った希実と聡が玲生の無事を必死で祈っている。そんなふたりをチラッと見てから、深澤が見学室に入る。

ガラス窓越しに懸命に本郷のサポートをしている美月の姿が見える。集中し、真剣なまなざしで手を動かしている。

「……」

桜庭が落ち着かない様子で作業をしていると、深澤がスタッフステーションに戻ってきた。食いつくように尋ねる。

「玲生くんの手術、どうだった!?」

「無事終わったよ」

「よかった……」と桜庭が安堵したとき、美月、成瀬、幸保も戻ってきた。

「まさか深澤の言うとおり、ホントに黄疸が出てたとはね」

見直したように幸保が言い、「さすが元内科医！」と桜庭が称賛の声をかける。

「いや……」

美月は力なくイスに座ると、肩を落とした。

「あと少し気づくのが遅かったら、命が危なかった」

成瀬の言葉が美月に突き刺さる。成瀬は続けた。

「何をもって重症患者なんだろうな」

「え？」

「ひととおり医学を学んだ俺たちだって見落とす危険性のある病気だった場合、なんの知識もない素人が重症だと気づけるはずがない」

「……」

「たしかに」と桜庭がうなずいた。「本当に大丈夫かどうかはきちんと診断しないかぎりわからないってことだよね。たとえ一見、コンビニ受診に見えたとしてもさ」

美月は立ち上がると、スタッフステーションを出ていく。玲生の様子を見に、ＩＣＵに行くのだろう。

入れ違いに舞子が来て、「面会したいという方がいらしてます」と深澤を呼んだ。

救急外来の待合スペースにいたのは哲郎だった。

「朝倉のお父さん……」

「こんなところまで押しかけてごめんね。はい、これ」と哲郎は深澤に鍵を渡す。「長居して悪かったね。家の観葉植物に水をやれてないこと思い出してさ。そろそろ帰るよ」

「そうですか……」

「……美月は？　どうしてる？」

こっちが本来の目的だろう。帰る前に娘の顔を見にきたのだ。


幼児用ベッドで眠る玲生に希実と聡が寄り添っている。

「ごめんね、玲生……ママがもっと早く気づいていれば……」

おなかから伸びるチューブを痛々しそうに見つめながら、希実が玲生に謝っている。

ガラス壁の向こうでその様子を見ていた美月が、ゆっくりと歩み寄る。

「それは違います。私があのときもっと、鮎川さんのお話をちゃんと聞いておくべきでした。本当に申し訳ありません」

美月は希実に深々と頭を下げる。

「先生……」

顔を上げた美月に、「違うんです」と希実が語りはじめる。「私……面倒くさいって思っちゃったんです。しょっちゅう保育園から玲生が熱を出したって連絡がきて、そのたびに慌てて早退して……病院に連れていきたくても夕方には閉まっちゃう病院がほとんどで」

「……」

「軽い症状で病院に連れていけば、非常識な親だって思われるんじゃないかって……いろんなところに気をつかって、頭下げて、疲れて……。玲生の異変にちゃんと向き合おうとしなかった。ほかの人、みんな普通にできてるのに……」

「希実……」と聡が妻を見つめる。

そんなにも思い詰めてるなんて想像もしなかった。

美月がおもむろに口を開いた。

「……普通って、なんなんですかね?」

「え?」

「普通じゃないことをすると非常識って言われたりするじゃないですか。周りから白い目で見られたり……。でも、普通なんて簡単に変わるものなんですよね」

希実が言葉の意図を推し量るように美月を見つめる。

「ちょっと前までは、女性は結婚して子どもを産めば家庭に入るのが普通でした。でも今は鮎川さんのように外に出て働くのが普通になった。それなのに、まだ昼間に病院に行くのが普通って言われたら……そんなの矛盾してますよね」

「先生……」

「普通なんて、時代や社会によって簡単に変わるのに……そんなものに振り回される必要って、あるんですかね」

「……」

「希実……ごめん」

希実が聡を振り向く。

「俺も希実に……母親なら普通こうするとか、そんなことばっか言って、お前のこと追い詰めてた。ちゃんとできてないのは俺のほうだよ。今は男だって育児をやって当然なのに、上司の顔色ばっかうかがって、お前に頼って……逃げてた」

「聡……」

「これからはさ、ほかの家庭をまねするんじゃなくて、俺たちがどうしたいかを基準に決めてけばいいんだよな。……玲生のために」

眠っている玲生に目をやり、「うん」と希実がうなずく。

希実の表情がやわらぐのを見て、美月も重い荷物を下ろしたような気分になる。

そんな美月の姿をガラス壁越しに見ながら、深澤が哲郎に言った。

「彼女、俺なら怖くて逃げ出したくなるようなことでも、平気で向かっていくんです。今日もあの子のオペのサポートを率先して名乗り出て」

「……」

「たしかにきっかけは、お母さんの悲しい出来事があったからなのかもしれません。でも僕には、今の彼女は自分がやりたくてナイト・ドクターを続けているように見えます」

目を覚ました玲生に、美月は心の底からうれしそうな笑みを向ける。

そんな我が娘の姿を、哲郎がじっと見つめている。

＊＊＊

朝、美月が寮に帰ると、哲郎が部屋の前で待っていた。

「まだ帰ってなかったの？」と美月はあきれる。「いくらなんでも、私の同僚に迷惑かけすぎ」

「もう帰るさ。そして、二度と邪魔しない」

「え？……」

「お前にとっては……たとえ嵐の中であろうが、真夜中であろうが患者を救う。それが普通なんだよな」

「……」

「メシだけはちゃんと食えよ」

そう言っておにぎりの包みを渡し、哲郎は帰っていった。

手からはみ出すおにぎりに、「だからデカすぎ……」と美月は苦笑する。

ふと顔を上げると、去りゆく哲郎の背中がやけに小さく見える。

「……」


ベランダで洗濯物を干していた深澤は、「お父さん！」という美月の声を聞いて、道路に視線を向けた。

立ち止まった哲郎に向かい、美月が駆けていくのが見える。

「美月……」

「ありがとう！」

「!!」

「おにぎり、アゴがはずれそうになるかもしれないけど、ちゃんと食べるから」

照れくさそうに軽く手を上げて、哲郎は去っていく。

そんなふたりの姿に、深澤は思わず微笑む。


夕方、深澤が部屋を出たところで成瀬と鉢合わせた。

「あれ？　もう出勤ですか。早いですね」

「ちょっとジムにな」

行こうとする成瀬を、「あの！」と引き留める。

「なんだ？」

「その……朝倉先生と……昔、何かあったんですか？」

深澤は思い切って尋ねた。「元カノと元カレだったりして」という幸保の言葉がずっと引っかかっていたのだ。

「は？」

「いやその……ふたり、しょっちゅういがみ合ってると言いますか……ケンカするほど仲がいいと言いますか……」

ごにょごにょと歯切れの悪い深澤に、成瀬はピシャリと言った。

「俺はここに働きにきている。お前みたいな邪な気持ちは一切ない」

「……ですよね」

スタッフステーションに美月の姿が見えず、深澤は屋上に上った。美月は気持ちよさそうに夜風に当たっている。

「……何してんだよ。引き継ぎ始まるぞ」

美月は眼下に輝く横浜の街並みを見渡して言った。

「昔はさ、この辺り一帯、全部真っ暗だったんだよね。それが普通だった」

「え？　なんの話だよ」

「でも、どっかの偉い人が夜に明かりをともす電球を発明した」

「……エジソンな」

「そのエジソンのおかげで、今はほら、こんなにキラキラしてる。今は夜でも明るいのが当たり前。やっぱり、普通は変えられるんだよ」

「……」

「いつかさ、昼間忙しい人たちが気軽に夜の病院に来られるような……むしろそれが普通になるようなときが、くるといいよね。ううん……きっとくる」

決意を秘めたように、美月はふたたび夜を彩る街の明かりを見つめた。

あの窓明かり一つひとつにいろんな事情を抱えた人たちがいて、彼らにとっては重症も軽症もない。

私たちは受け入れる。たとえ、どんな患者でも。

それが私の目指す、普通だ――。


成瀬が医局に入ると、桜庭が胸を押さえてうずくまっていた。

「おい、大丈夫か?」

桜庭はハッと振り向き、「大丈夫、大丈夫」と笑ってみせる。「ちょっとトイレに」

平静を装い医局を出ていく桜庭を、いぶかしげに成瀬は見送る。

トイレに入って薬を飲むと、ようやく胸の痛みが治まってきた。

「はあ……はあ……」

洗面台の前で息を整え、桜庭は悔しげに自分の左胸に手を当てた。

どんなに願っても、変えられないことはある。

どんなに願っても、普通に生きられない人だっている。

世の中は、不公平に満ちている。

成瀬と幸保が医局で事務作業をしていると、明らかに医療関係者とは異なる雰囲気をまとった男性ふたりが現れた。

若いほうが懐から取り出したのは警察手帳だった。

驚くふたりに、「元町署の者です。ちょっとお話よろしいですか」と問いかけてくる。

「この辺りで変質者が出没していると通報がありまして」

幸保の顔がこわばる。「変質者?」

年配の刑事が来院理由を告げる。

「先日、夜道で襲われた女子高生が、その男に無理やりキスをされ、抵抗しようと舌を噛み切ったという証言がありまして。男がこちらを受診している可能性があります」

「ねえ、それって……」

幸保にうなずくと、成瀬が言った。

「その男の写真はありますか」

「こちらです」と若い刑事がふたりに写真を見せる。

写っていたのは、先日美月が処置をし、今もＨＣＵに入院中の斎藤だった。

「斎藤さん、ご気分いかがですか?」

ベッドの上から斎藤は粘っこい視線を向けているが、特にリアクションはない。

「また来ますね」と美月が背を向けて立ち去ろうとしたとき、ぬっと起き上がった。

隣の患者を診ていた深澤が、斎藤の不審な動きに気が付いた。

斎藤はむんずと美月の腕をつかむ。

「斎藤さん……？」

そこに成瀬と幸保が駆け込んできた。

「朝倉、離れろ！　そいつは変質者だ！」

「え？」

振り向く美月に、目を血走らせた斎藤の顔が迫ってくる。

「!?」

3

「そいつは変質者だ！」

成瀬の声を聞いて、とっさに体が動く。

桜庭は廊下からＨＣＵに飛び込み、美月に覆いかぶさっている斎藤に体当たりした。そのままふたりは床に転がり、激しい揉み合いになる。カートが倒れ、医療器具が散らばる。

斎藤が落ちているハサミを拾い、桜庭に向かって振る。

鎖骨の辺りに鋭い痛みが走り、桜庭は「うっ」と顔をしかめた。鮮血が飛び散り、桜庭はその場に倒れる。

「桜庭！」

美月が駆け寄り、成瀬と深澤は斎藤に立ち向かう。成瀬がハサミを握る斎藤の右手を蹴り上げ、深澤がタックルをかます。どうにか斎藤を取り押さえたとき、美月の悲鳴が聞こえてきた。

「桜庭!?　桜庭!!」

「痛ててて。もっとやさしくしてよ、命の恩人なんだからさ」

恩着せがましい桜庭を無視し、美月は縫合していく。

「思ったよりも傷が浅くてよかった……」

診察室のドアが開いて幸保が顔を出す。

「いやぁ、ホント驚いた」

「何が?」と桜庭が尋ねる。

「真っ先に朝倉のこと助けようとするなんてさ。桜庭、そんなキャラだった?」

「たしかに」と美月もうなずく。

「失礼だな……。俺、カッコよかった? 美月ちゃん、惚れちゃった?」

縫合を終えた美月が「しばらく安静にしててよ」と創傷用のパッドを傷口にバンと貼る。

「痛ててて。だから、もっとやさしくしてよ」

医局で作業しながら、「桜庭のヤツ、凄かったな」と深澤が成瀬に話しかける。「俺なんか足すくんじゃって……。聞いてます?」

半分ほど開いた桜庭のデスクの引き出しに気をとられていた成瀬が、「ああ……」と薄く反応する。いちばん上に置かれた処方箋に『免疫抑制剤』という文字が見えるのだ。

何度か見かけた胸を押さえる桜庭の姿を思い起こして成瀬は考え込む。


正面入口で警察に連行される斎藤を見送ると、八雲が本郷に言う。

「彼は幼い頃に母親にネグレクトされ、自分にやさしくしてくれた女性に対し、ゆがんだ行動をとるようになってしまったらしい。似たような前科が六件あったそうだ」

「そうですか。でも、だからといってなんの言い訳にもなりませんよ。どんな境遇であろうと立派に生きている人間は大勢います」

「もちろん、そのとおりだ。でもどんな親のもとに生まれるか、どんな環境に育つかによって、その人の人生は大きく変わってしまう……。ここでいろんな患者さんに会うたび、そう感じずにはいられなくてね」

八雲らしい感傷だな……本郷がそんなことを思っていると、ヒールの音を響かせて麗子が現れた。

「！　桜庭会長」

八雲が慌てて挨拶をする。

「お久しぶりです、八雲院長。それから……本郷先生」

麗子はにらむような視線を本郷に向ける。

「就任早々、私の大事なひとり息子に怪我をさせるなんて、指導医向いてないんじゃないですか?」

「その格好……今日は保護者参観か何かですか?」

皮肉で返されて、麗子は苛立つ。

「息子を迎えにきました。もうこちらには置いておけませんので」

「……」


引き継ぎのためスタッフステーションに昼間と夜間のスタッフが集まっている。

「どうして桜庭会長がうちの病院に!?」

嘉島に問われ、根岸が奥で作業をしている桜庭に視線を送る。

「どうやらあの彼、会長のご子息だったようです」

「えーー!!」と思わず嘉島が大声をあげ、深澤は「ウソだろ……」と絶句した。

「桜庭と深澤、ふたり仲よくポンコツかと思ってたけど、まさかあっちはサラブレッドだったとはね」

目を丸くする幸保に、深澤がツッコむ。

「柏桜会グループの御曹司って……サラブレッドにもほどがあるだろ！」

隣では舞子が、「まさかこんな近くに上玉が……」と獲物を狙う狩人の目つきになっている。

一緒に作業をしながら美月が桜庭にささやく。

「みんな桜庭のこと見てるけど」

「いいの、いいの。こういうの慣れてるから」と桜庭はまるで動じない。

そこに本郷に連れられ、麗子がやってきた。

「みんな、集まってくれ」

集合した一同の前で本郷から紹介され、「どうも」と麗子が艶然と笑みをたたえる。

「息子の瞬がこちらで大変お世話になっているそうで、ありがとうございます」

「いえいえ、とんでもございません！」と嘉島がぴょこんと前に出る。「じつに優秀な息子さんでして。さすが桜庭会長のご子息ですね！」

美月が隣の幸保にボソッとつぶやく。

「二軍、三軍とか言ってたのはどこの誰だか……」

「あの二枚舌、逆に尊敬する」

桜庭が不服そうな顔を麗子に向ける。「何しに来たんだよ。こんなところまで」

「今すぐここを辞めて、イギリスに留学しなさい」

「イギリス!?」と思わず深澤が声を漏らす。

一同がざわつくなか、「こんな怪我までして……」と麗子が桜庭に歩み寄る。「何かあったらどうするの？　あなたは救急医に向いてない。うちのグループを継ぐための経営だけ学んでおけばいいの」

桜庭は唇を固く結んで、応えない。

「来週、寮に迎えにいくから荷物をまとめておきなさい。わかった？」

「俺は……」

桜庭は口を開こうとするも言葉が続かない。その様子を見て、本郷が言った。

「たしかに会長のおっしゃるとおり、彼は救急に向いていないかもしれませんね」

「！……」

「自分ひとりじゃ胸腔穿刺《きょうくうせんし》（胸腔にたまった水を抜き取る処置）も中心静脈確保も気管挿管もできない医者なんて、救急医とは言えませんからね」

ショックを受ける桜庭を尻目に、麗子は微笑みながら、

「指導医の先生と意見が合ったようでよかったです。では、失礼します」

去っていく麗子を、「お疲れさまでございました！」と嘉島を先頭に昼間のスタッフが丁重に見送る。

「桜庭、あんたそれでいいの？」

美月に言われて桜庭は悩む。

新しい場所に足を踏み入れれば何かが変わると思っていたけれど、やはり僕は僕のままだった。

頑張りたくても、みんなと同じようには頑張れない。

母の言うとおり、敷かれたレールを歩んだほうが……。

しかし、理屈ではない何かが桜庭を動かした。

「あの！」と本郷のもとに駆け寄り、桜庭は言った。「僕は……救急医になりたいんです。だから、変わらずここで働かせてください。お願いします」

頭を下げる桜庭に、本郷は尋ねる。

「ここに来て、お前はいったい何ができるようになった？」

「え？　それは……」

「足手まといになるようなヤツは、ここに必要ない」

はっきりそう告げると、本郷はスタッフステーションを出ていった。

「……」

寮への帰り道を、桜庭が悄然と歩いている。後ろに続く美月と深澤が、どうにか慰めようと話しかける。

「あのさ、そんな捨て犬みたいな顔してないで。本気でナイト・ドクター続けたいなら、誰になんと言われようと辞める必要ないと思うけど。ねえ？」

「そ、そうだよ！」

「たしかに桜庭は今、何もできないポンコツかもしれない」と美月。

「……本人の前でポンコツとか言うなよ」と深澤が小声でたしなめる。

「でも、人を救いたいって思うガッツは私、嫌いじゃないよ。そういうのって誰もが持てるものじゃないし、努力して持てるものでもないと思うから。ね、それがない深澤くん」

「俺に振るなよ」

「でもさ……」とようやく桜庭が口を開いた。「気持ちだけじゃどうにもならないことって、あるよね」

「え？……」

そこに成瀬が合流する。

「身体のことを言ってるのか？」

桜庭の顔色が変わったのを見て、美月が成瀬に尋ねる。

「なんの話ですか？」

「悪い。目に入った」と成瀬は免疫抑制剤の処方箋を桜庭に見せる。美月に見られまいと慌てて桜庭はそれを奪い取る。

「え？　何それ？」

「突然倒れられたら困る。ちゃんと俺たちに説明しておけ」

「せっかく人が必死に隠してたのに……」と桜庭はため息をつく。「まあ、隠し通せるはずもないか」

「どういうことだよ？」と深澤が尋ねる。

桜庭は意を決したように告白した。

「俺は生まれつき……心臓が悪いんだ」

「！……」

「一生薬は飲み続けなくちゃならないし、いろいろリスクもある。母さんの言うとおりなんだ。俺はおとなしく机に向かってるのがお似合いだ。救急医には……向いてない」

「……」

「どんなに頑張ったって、どうしようもないことってあるよね……」

桜庭は寂しそうに言うと、「お疲れ」と先に行ってしまう。

遠くなるその背中を、美月も深澤も黙って見送ることしかできなかった。

＊　＊　＊

柏桜会本院の心臓外科で、桜庭が主治医の宮本《みやもと》の診断を受けている。モニターに映った血管造影の画像を見ながら、宮本は言った。

「冠動脈がかなり狭窄《きょうさく》してきてるね。この部分、早めにステント（血管が狭くならないよう支える医療器具）を入れたほうがいいかもしれない。近々一週間くらい、まとまった休みはとれるかな？」

「一週間ですか……」

すぐに本郷の顔が脳裏に浮かぶ。

「そんなことしたら俺……本当に今の職場、追い出されちゃいます」

「あえて厳しいことを言わせてもらうけど」と前置きして宮本は言った。「瞬くんにはむずかしいんじゃないかな。救急医の仕事は肉体的にも精神的にも負担が大きい。免疫抑制剤を飲んでいる君は、人より感染症にかかりやすかったり――」

「そんなことはわかってます」と桜庭は宮本の指摘をさえぎる。「だからずっと自分の気持ちに折り合いつけて、我慢してきたんです。でも、このままやりたいことをやらないまま、毎日をムダに過ごすのはもう嫌なんです。……治療の日程に関しては、また後日相談させてください。失礼します」

席を立った桜庭を、「瞬くん」と宮本が引き留めた。「これだけは忘れないで。君の身体は、君だけのものじゃない。闘病中、君を支えてくれたお母さんや君を生かしてくれたドナーのことを忘れてはダメだよ。自分の身体をちゃんと大事にしないと」

「……わかってます」

そう。僕の身体は僕だけのものじゃない。

僕の心臓は……移植されたものだから。

誰よりも清く、正しく、自分の命を大切に、生きなくちゃならないんだ――。

予想以上に悪化していた病状に落ち込んで寮に戻ってきた桜庭を、部屋の前で美月が迎えた。手には大量の医学書を抱えている。

「美月ちゃん……どうしたの？」

「桜庭の事情はよくわかんないけどさ、もし本当にあきらめたくないって気持ちがあるなら、胸腔穿刺と中心静脈確保と気管挿管くらいできるようになりなさい」

そう言うと美月は医学書を山ほど桜庭に押しつける。

「これ……貸してくれるの？」

「一応……命の恩人？……だし。まあ……応援してるから」

照れくさそうに部屋に引っ込む美月の、その気持ちが桜庭にはうれしかった。


その夜、最初に運ばれてきたのはひとり暮らしの二十代男性だった。呼吸不全によってアシドーシス（酸性血症。血液PHが低下した状態）が進行し、かなり危険な状態だ。気管挿管もできず、やむを得ず本郷は輪状甲状靭帯切開に切り替える。

何ひとつ見逃すものかと本郷の手の動きを観察し、桜庭がメモをとっていく。

しかし、皆の奮闘もむなしく、男性の心臓が動きを止めた。

「四十分経った。朝倉、もうやめろ」

本郷に言われて、美月はやむなく心臓マッサージを止めた。荒い息の中でつぶやく。

「もっと早くに搬送されていれば……」

「この患者はおそらく数日前から嘔吐、腹痛、ひどい口渇の症状が出ていたはずだ。でも、あえて受診しなかった」

「どうして……」

本郷ではなく成瀬が答える。

「無保険だったからかもな」

「え？」

財布にも身に着けていた衣服のどこにも健康保険証が入っていなかったのだ。

「普通なら三割負担で済む医療費が、無保険の場合、全額自己負担になる。そんな金払えないと思ったんだろ」

「そんな……」

成瀬に代わって本郷が説明する。

「日本は国民皆保険なんて言われてるが、実際には保険料を払えず無保険になっている人が百万人いると言われてる。彼のように医療費が払えないと思って受診控えし、手遅れになるケースも少なからず発生している」

「でも……医療費が無料になったり、低額になる制度だってありますよね？」

「保険料すら払えない人たちが、そうした情報にアクセスできる環境にいると思うか？」

成瀬の言葉に、美月はハッとした。

「そんなことより、滞納した保険料を取り立てられるんじゃないかとビクビクしてるかもな」

「……せっかく制度があったって利用しないんじゃ、意味ないじゃないですか……」

抗議するようにつぶやく美月に、本郷が返す。「俺たちがどんなに努力して技術を磨こうが、医療だけじゃ救えない命もあるってことだ」

亡くなった患者に手を合わせると、本郷は初療室を出ていった。


翌朝、出勤してきた嘉島に本郷が引き継ぎをしている。

「無保険患者を治療した？」

「はい。ですが、残念ながら手遅れでした」

「ったく余計なことを……」とため息交じりに嘉島がつぶやく。

「余計なこと？」

「無保険患者は治療したところで医療費を回収できないケースが多い。踏み倒されれば我々医療機関がその費用をかぶることになる。無保険だとわかった時点で、ほかの病院に転院させるべきだったな」

「それだと――」と割って入ろうとする美月を本郷がさえぎった。

「それだと何の治療もされることなく、患者は搬送中に亡くなっていたでしょう。嘉島先生は二十四歳の青年を見殺しにすべきだったと？」

「それは……」

「どんな患者も受け入れる。それがうちのモットーだとうかがっていますので」

そう言い残し、本郷はスタッフステーションを出た。

「ったく、あの野郎……」と嘉島が毒づく。

いっぽう桜庭は、本郷の後ろ姿を憧れのまなざしで見送る。


勤務を終えて医局に戻ったスタッフが帰り支度をしている。メモ帳をカバンにしまっている桜庭を見て、深澤が尋ねた。

「なあ。桜庭はさ、どうしてそんなに救急医になりたいんだ？」

「え？」

「ホントそれ」と幸保が食いついた。「黙ってたって柏桜会グループの病院が手に入るのに」

「……俺、物心ついた頃には父親がいなくて。初めて心から尊敬した大人が、本郷先生なんだ」

美月が驚いたように振り返る。

「本郷先生と知り合いだったの?」

「うん。母さんの元同僚らしくて。小さい頃、たまに世話してくれてて……」

話しながら、桜庭は初めて救急医としての本郷の凄さを知ったときのことを思い出す。

あれはたしか六歳のとき、仕事で忙しい母に代わって本郷に連れてきてもらった水族館での出来事だった。

イルカショーを見ていたら、近くにいた同い年くらいの少年が突然両手でのどをつかんで苦しみだした。食べていた弁当が床に散らばり、パニック状態になった母親が、「誰か……誰か、救急車!」と叫びはじめる。

恐怖でその場に立ち尽くしていると、本郷が駆け寄り、すぐに応急処置を始めた。落ちていたスプーンの柄を曲げて少年の口に突っ込み、気道を確保する。もう一方の手で箸を取り、のどの奥の異物を探る。しばらくして、プチトマトをつまみ出した。

少年は息を吹き返し、激しく咳き込む。

「呼吸が戻りました。もう大丈夫ですよ」

母親に微笑む本郷が、桜庭にはどんなヒーローよりもカッコよく見えた。

「月並みだけどさ、目の前で苦しんでる人を救えるって……凄いことだよ。その人の未来を一瞬で変えちゃうんだからさ」

少年のように目を輝かせる桜庭を、深澤が見つめる。

「桜庭……」

「そう」と美月はうなずいた。「だったら、もっと頑張らないとね」

「え？」

「やっと一緒に働けたんでしょ？　本郷先生と」

不器用に背中を押すと、美月は帰っていった。

「……」

「留学の準備が整うまでの間、あの子を本院に戻してジョブローテーションさせることにしたから」

バーのカウンターでビールのグラスを傾ける本郷にそう告げると、「サインして」と麗子は転科届を突き出した。

「人の聖域にまで押しかけて、わざわざこんなもの渡しにきたのか？」

不愉快そうに本郷は麗子を振り返る。

「……あの子の身体のことはあなたも知ってるでしょ？　心配なのよ」と麗子は母親の顔になる。「救急医なんて仕事、瞬に務まるはずない」

「過保護で口うるさい親を持った子どもは大変だな。それともあれか？　会長の仕事は案外暇なのか？」

「その口、ホント縫合したくなるわね。とにかく書類、頼んだわよ」

言うだけ言って、さっさと帰っていく麗子を見送ると、本郷はカウンターに置かれた転科届に目をやる。

「……」

残りのビールは今までよりも少し苦く感じた。

＊　＊　＊

スタッフステーションに出勤してきた桜庭は、シフト表を見て立ち尽くした。異変に気づいて、「どうしたの？」と美月が尋ねる。

「来週から、俺の名前が消えてる」

「え？」と美月はシフト表を覗き込む。たしかに桜庭の名前がない。深澤もそれを見て、

「マジかよ……」とつぶやく。

やってきた本郷に美月が詰め寄る。

「どうして桜庭の名前が来週のシフトから消えてるんですか？」

「桜庭会長に大事な息子を返却するように言われたからな」

「そんな……」

本郷は桜庭に転科届を差し出し、言った。「名前を書いて、提出しろ」

「え……」

そこにはすでに本郷のサインが記されている。

ショックを隠せない桜庭を、心配そうに美月がうかがう。

去っていく本郷を見送り、桜庭は言った。

「やっぱりさ、不公平なことってあるよね」

「え？……」

「先日亡くなった無保険の小関《おぜき》さんだってそうだよ。もし彼が金持ちの家に生まれてたら、きっと自分の努力とは関係なしに保険料も医療費も払えてた。そしたら受診控えすることもなく、きっと今頃元気に生きてた」

「……」

「俺、思うんだ。人は生まれたその瞬間から、ある程度運命が決まってる。どんな親のもとに生まれたか、そうじゃないか……最初からスタート地点が違うのに、みんなと同じようになんか、できるはずないよね」

「桜庭……」

「さ、仕事、仕事!」

桜庭がスタッフステーションを出るのと入れ違うように、幸保がやってきた。周囲を見回し、「あれ? 桜庭は?」と美月に尋ねる。

「どうしたの?」

「これ、返そうと思って」と幸保は手にした桜庭のメモ帳をひらひらさせた。「ICUに置きっぱになってたから」

美月はメモ帳を受け取ると、それを開く。緻密に再現された人体図の数々のかたわらに細かなメモがびっしりと書かれている。

「何これ、スゴい……」

深澤と成瀬も覗き込み、驚く。

「今日、桜庭早めに来て、いろいろ練習してた。やる気だけはあるみたいなんだよね」

「俺なんかより、よっぽど努力してるのに……」

深澤がつぶやいたとき、ホットラインが鳴った。

「下田宏《しもだひろし》さん、四十八歳。急な頭痛を訴え、息子さんが救急車を呼んだそうです」

救急隊員から患者を受け入れながら、美月は付き添いの息子、真吾《しんご》に声をかける。

「大丈夫。すぐにお父さんの治療するから」

「あ、あの……」

真吾は何か言いかけたが、すぐに口を閉じてしまった。

「息子さんはこっちへ」と舞子に待合スペースのほうへと連れていかれる。

頭部CTの結果、下田はくも膜下出血を発症していた。本郷がCT画像を見ながら成瀬に尋ねる。

「お前、この瘤のクリッピング（「脳動脈瘤」と呼ばれる脳の血管にできた瘤が破裂しないようにクリップで挟む治療法）できるか？」

「この場所なら何度もやってます。やらせてください」

成瀬をうらやましく思いつつ、美月は言った。

「オペ室に運びましょう」

次の瞬間、「やめろおおお」と下田が抵抗しはじめた。「手術はしないでくれ」

「下田さん⁉」

「俺は無保険だ。そんな金はない……」

「でも、すぐに手術しないと手遅れに」

「治療はいい！」

どこにそんな力が残っていたのか、下田は処置台から起き上がろうとする。

「下田さん！　横になっててください」

「やめてくれ。ほっといてくれ！」

「早く鎮静しろ！」と本郷が叫ぶ。「再破裂するぞ」

美月は舞子から注射器を受け取ると、すばやく下田に鎮静剤を打った。

その様子を桜庭が遠くから見つめている。


鎮静させた下田をＩＣＵに移したところで、深澤が真吾を連れてきた。

「あの……父は？」

「お父さんは今、鎮静剤で眠っています。でも、すぐに手術しないと危険な状態です」

美月の説明を聞き、真吾は顔色を変えた。

「……それで、父はなんて？」

「手術は……したくないと言っていました」

言いよどむ美月に、真吾は複雑な表情を浮かべる。

「ほかに親戚とか頼れる人はいるかな？　ご家族の同意があれば手術することも――」

「誰もいません」と真吾がさえぎる。「五年前に母さんが亡くなってから、ずっと父さんと俺と……ばあちゃんの三人で暮らしていますから」

「おばあさんは今、どちらに？」

「家にいます。認知症で、自分が誰かもわかっていません」

「！……」

成瀬が尋ねた。「お父さんはいつから無保険に？」

「ばあちゃんの介護をするために会社辞めて……たぶん、その頃から。パートはしてましたけど、俺の学費もあるし、貯金なんかすぐなくなって。どんどん借金が膨らむばっかで……」

「生活保護は？　経済的に困窮した人たちを救うための制度があることくらい、君のお父さんだって知ってるだろ？」

「入るためには、今の家を手放さなきゃならないって……。父さん、それだけは嫌みたいで……亡くなった母さんとの思い出が詰まった場所だから」

「そんな……」と思わず深澤が声を漏らす。

美月が真吾を見つめながら尋ねた。

「君は……それでいいの？」

「仕方ないじゃないですか。父さんがそう言うんだから……。どうしようもないことだってあるんですよ」

自分がこぼしたのと同じ言葉をまだ十代前半の少年の口から聞いて、桜庭はどうにもやりきれなくなってしまう。


スタッフステーションで作業しながら、幸保が言った。

「なんかさ、大人みたいな中学生だったね、さっきの子。妙に達観してるっていうか、世の中あきらめてるっていうか」

「……そうやって自分の中で折り合いつけるしかなかったんだろ」と成瀬が答える。「周りに頼れる大人がいなかったから」

うなずいて深澤が皆に尋ねる。「なあ、やっぱり生活保護受けるべきだよな？　そうすれば下田さんだって、手術受けるかもしんないし」

「でも本人が嫌だって言ってるんでしょ？　じゃあ、どうしようもないじゃない」

ドライな幸保に深澤が言い返す。

「だからって……死んじゃったら、意味ないだろ」

会話には加わらずに何かを考えていた様子の美月が、おもむろに口を開く。

「口ではああ言ってても、もしこのまま何もしないで下田さんが亡くなったら……罪悪感っていうのかな？　きっと真吾くん、ずっと後悔すると思う。家族って……そういうものだと思うから」

美月の言葉に居ても立ってもいられなくなり、桜庭はスタッフステーションを飛び出した。

ＩＣＵの手前で帰ろうとしている真吾と出くわし、「真吾くん！」と呼び止める。

「あなたは……」

「ここの救急医、一応」

通りかかった本郷がふたりを見て、足を止める。

「お父さんの手術、本当にしなくていいの？」

「……」

「お父さんを説得できるのは、君しかいないんじゃないの？」

「父さんは手術する気ないんですよね？　死にたがってる人を無理に生かしても、そんなの……エゴじゃないですか」

「真吾くん……」

「父さんはずっと苦労してきたんです。毎日毎日ばあちゃんの介護して……でも借金ばっか膨らんで……。きっと……もう楽になりたいんだと思います」

「そんな……」

「失礼します」と行こうとする真吾の前に本郷が進み出た。

「エゴで何が悪い？」

「え？……」

「お父さんがこのまま亡くなって困るのはお父さんじゃない。残された君だ。君はお父さんが倒れたとき、どうして救急車を呼んだ？　お父さんに生きてほしかったからじゃないのか？」

「！……」

「君たち家族には、最低限幸せになる権利がある。その権利を守るための制度がある」

「でも父さんが……生活保護だけは受けたくないって。家を手放すくらいなら死んだほうがましだって……。仕方ないだろ。じゃあ、どうしろって言うんだよ……」

やり場のない怒りに真吾は身を震わせる。

「この先も君に好き勝手言う大人は多いだろう。今こんな話をしている俺もそのひとりだ。でもひとつだけ言えるのは……誰も君の人生の責任までとってくれない」

「！」

「それがどんなに優秀で、素晴らしい親であろうとも、だ」

本郷の言葉は、横で聞いている桜庭の胸にも響いていく。

「だから君がどうしたいのか、君自身で考えろ」

そう言い残し、本郷はその場を去った。

「……」


ＩＣＵに戻った真吾がベッドの上の父を静かに見つめている。かたわらの物置台に置かれた上着のポケットから一枚の写真がはみ出しているのに気づいて手に取る。

発作を起こしたときに握りしめたのだろう。くしゃくしゃになったその写真には、我が家の前で幸せそうに笑う父と母と祖母、そして自分が写っていた。

「……」

離れて見守る桜庭に、美月が小声で尋ねる。

「真吾くん、なんて？」

「まだわからない……」

「……」

そのとき、下田が目を覚ます。

「父さん……」

「真吾……」

父の声を聞いたとき、はっきりとわかった。

僕は……父さんに生きていてほしい……！

覚悟を決め、真吾は言った。

「父さん……手術を受けてほしい」

「真吾……それはできない。金がないんだ。お前にもわかるだろ？」

「だったら……生活保護を受ければいいだろ」

「ダメだ。それだと俺たちの家が……」

「あんな家……手放せよ！」

「え？……」

「家なんてどうだっていい！　俺をおいて勝手にひとりでいなくなるとか、そんなの絶対許さない！」

「真吾……」

「俺は父さんに……生きてほしいんだ」

心からの息子の叫びに、下田は思わずハッとなる。

もしかしたら心のどこかで、このまま楽になりたいと思っていたのかもしれない。

息子の気持ちなど考えもせずに……。

涙を浮かべて自分を見つめる息子に、下田は小さく、だがしっかりうなずいた。

＊　＊　＊

美月と幸保が新しい急患を受け入れるなか、成瀬と本郷は下田の手術に向かった。ＩＣＵでは桜庭と深澤が患者たちの管理しながら、下田の手術の成功を祈っている。

「真吾くん、すごいよね」

「え？」と深澤が反応する。

「自分の本当の気持ちってさ……どんどん言えなくなるんだよ。どうせ叶わないなら、なかったことにしてあきらめるほうが楽だから」

「桜庭……」

「俺……十四歳に負けてるな」

自嘲気味に桜庭がつぶやいたとき、奥からアラームが鳴り響く。桜庭が慌ててベッドに向かうと患者の東条道男《とうじょうみちお》が痙攣している。

「まずい……気道閉塞を起こしてる」

桜庭は慌てて本郷に電話をかけた。


手術中の本郷のＰＨＳに着信した。舞子が取って本郷の耳にＰＨＳを当てる。

「どうした」

「大変です！　昼間に甲状腺腫瘍で手術された東条さんが気道閉塞を起こしてます！すぐに処置しないと……」

「こっちは今、手が離せない！　そこには誰がいる？」

「僕と……深澤だけです」

「まずいわね」と舞子がつぶやく。

「ステロイド吸入、酸素投与、気管挿管……今までさんざん見てきただろ。お前にできることをやれ。処置が終わり次第、朝倉を向かわせる。それまでなんとしてでももたせろ」

「はい！」

電話を切ると、桜庭は喉頭鏡《こうとうきょう》で東条ののどの状態を見ている深澤を振り向いた。

「ダメだ……気道狭窄を起こしてる。これじゃ気管挿管できない」

桜庭は頭に叩き込んだ知識を思い起こす。

「気管挿管ができない場合は輪状甲状靭帯切開……」

「え？」

「代わって」

桜庭は深澤と入れ替わり、切開の準備を始める。

「おい、本当に大丈夫なのか？」

「やるしかない……」

たしか甲状軟骨（のどぼとけ）の真下あたり……。

桜庭が切開場所を探っているとふたたびアラームが鳴る。

「まずい！」と深澤が叫ぶ。「低酸素血症だ！」

メスを握る桜庭の手が震える。

そのとき、「桜庭！」と美月がＩＣＵに飛び込んできた。本郷から連絡を受け、処置を幸保に任せて飛んできたのだ。

滅菌手袋をつけながら美月が桜庭に指示を出す。

「甲状軟骨と輪状軟骨の間を探って。そこをメスで一気に切開」

狙いは定まったが、メスの震えは治まらない。

「大丈夫だから。ずっと夢だったんでしょ？」

「……」

「なんのために、ここに来たの？」

水族館で見た子どもの命を救う本郷の姿を桜庭は思い起こす。

輪状甲状靭帯切開だって、つい先日、本郷の手技を見たばかりだ。

大丈夫。

僕にもできる。

桜庭は意を決して、東条ののどにメスを入れた。

よしっ。

安堵しつつ、美月は指示を続ける。

「靭帯を切開したら、鉗子《かんし》で広げて」

美月のアドバイスに従い、桜庭は手を動かしていく。気管チューブを切開部から気管へと慎重に進める。

「できた……」

東条が息を吹き返し、モニターの数値も上がっていく。

「サチュレーション（体内のヘモグロビンと結合した酸素量の割合）、上がってきたぞ！」

深澤の声に、「やった……」と桜庭は安堵の息をつく。

すぐに後処理に入った美月が、達成感に浸っている桜庭を振り向く。

「何してるの？　手貸して」

「あ……」

慌ててサポートに入り、桜庭は美月に負けまいと手を動かす。


翌朝、隣り合って横になる下田と東条のベッドで、美月と桜庭が背中合わせにそれぞれの患者の全身管理をしている。

「東条さんのさ、呼吸が戻ったときの感覚、覚えてる？」

美月に問われて桜庭はうなずく。

「あの感覚、病みつきになるでしょ？」

「……うん」

「たしかにさ……桜庭の言うとおり、生まれた時点である程度運命って決まってるのかもしれない。でもさ、昨日の桜庭と今日の桜庭は絶対に違うよ」

「え？……」

「少しずつかもしれない。でも、桜庭だって絶対に変われるよ。だってほら」と美月は容体が安定し、穏やかな寝息をたてる東条に目をやる。

「ひとりの人の未来、ちゃんと変えたでしょ？」

美月に少しは認められた気がして、桜庭の表情がゆるむ。

「ほら、忘れ物」と美月はポケットからメモ帳を取り出して桜庭に渡した。

「……ありがとう。美月ちゃん」

奥のベッドの患者を診ていた幸保が、桜庭に目をやり、つぶやく。

「まさかあの桜庭が役に立つ日がくるなんてね」

「お前、だいぶ先越されたな」

成瀬に言われて、かなり焦る深澤だった。

「私が昼間に診た患者を勝手に処置したそうだな」

引き継ぎのひと言目がクレームかよ……。

うんざりしながら美月は嘉島に応える。「それが何か？」

「治療方針にないことをされると困るんだよ。東条さんの場合、ステロイド投与してお
けば外科的気道確保まですする必要はなかった。余計なことを」

ムッとする美月の隣で、桜庭は身を縮める。

「無保険の下田さんだって、いつになったら医療費を回収できることやら」と根岸が嫌
みを重ねてくる。

「そんなことよりも」と本郷が割って入る。「東条さんが夜中に気道閉塞を起こしたのは、
昼間に嘉島先生が乱暴な手術をしたせいじゃないですか？　うちのスタッフがいち早く
気づき、対処していなければどうなっていたでしょうね」

「！……」

「桜庭」

「はい……」

「よくやった」

本郷からの初めての称賛に、桜庭は感極まる。

「はい……」

僕の心臓が、跳びはねた。

このときに感じた喜びも、誰かを救ったこの手も……。

誰のものでもない。僕のものだ。


桜庭は勤務を終えたその足で柏桜会本院を訪れた。向かうのは母のいる会長室だ。

「失礼します」と入ってきた息子を見て、麗子は怪訝そうに尋ねる。

「瞬……なんの用？　電話にも出ないで」

桜庭は真っすぐに母を見据えて言った。

「母さん。僕にナイト・ドクターを続けさせてください」

「……」

「自分の身体はもちろん大事にします。絶対に無理はしません。だから……続けさせてください。お願いします」

頭を下げる桜庭に、麗子はきっぱりと、

「無理よ。あなたに救急医は」

しかし、桜庭はあきらめない。

「昨日初めて……自分の手で患者さんを救えたんだ。心臓がバクバクして……俺、生きてるんだって思えた」

「瞬……」

「母さんや先生は命を大事にしろって言うけど……もちろんそれもわかるけど……でも俺はそれと同じくらい、自分の気持ちを大事にしたい」

「……」

「だから……お願いします」

桜庭はもう一度深々と頭を下げた。

身体のことがあって、これまではわがままを言わずにきたが、元来この子は私譲りの頑固者なのだ。こうと決めたら自分を曲げることはないだろう。

麗子は深いため息をつくと、口を開いた。

「勤務中……病院の外には出ないこと」

「え?……」

「あなたは感染症になりやすいし、いつまた発作が起こるかもわからない。危険の多い災害現場には出ないこと。それから、経営の勉強も怠らないこと。この二つの約束を守れるなら……もう少しだけ続けてみなさい」

まさかの母の言葉に、桜庭は思わず尋ね返した。

「え、いいの!?」

「一つでも破ったら即座に辞めさせますけどね」

「ありがとうございます！　頑張ります！」

全身で喜びをあらわにし、桜庭は母の前から去っていく。

閉じられたドアに向かって、麗子はボソッとつぶやいた。

「よりによって、あいつの部下か……」

＊　＊　＊

アラサー女子の部屋とは思えぬ雑然とした室内を、丸めた新聞紙を手にした成瀬と深澤が目をキョロキョロさせながら動き回る。

「なんでお前の部屋のゴキブリを俺たちが退治しなきゃならないんだ？」

「てか部屋、汚すぎるだろ」

文句たらたらのふたりに、美月が平然と返す。

「私の部屋でGが繁殖すれば、いずれは成瀬先輩や深澤の部屋にもやってきますよ！　それでもいいんですか!?」

「どんな脅しだよ」と深澤はあきれた。

「あ、いた！　いた！　そこ！　深澤、出陣！」

美月に背中を押された深澤は、新聞紙を振り上げ、ゴキブリに向かっていく。しかし、床に落ちていた靴下に足をとられ、思い切りすっ転んだ。

「もう！　何やってんの！　どんくさいなあ」

「いや靴下が……こんなところに脱ぎ捨てんなよ！」

バカらしくなった成瀬はふとデスクの上のカードに目を留めた。『ドナー』という文字に引っかかり、思わず手に取る。

『ドナーのご家族様へ』と記されたそのカードの裏には、心臓移植を受けたレシピエントからの感謝の言葉が綴られていた。

「この字、どっかで……」

記憶をたどる成瀬の脳裏に、丁寧に書かれたメモ帳の文字と美月の目から処方箋を隠す桜庭の焦ったような仕草が浮かぶ。

成瀬はハッとして美月を振り返るが、
深澤と一緒にキャアキャア騒ぎながら、ゴキブリを追いかけている。

「……」

一週間後、ステント治療を終えた桜庭は救命救急センターに復帰した。

「無事、治療が終わりました。今日からまたよろしくお願いします！」

頭を下げる桜庭を皆が拍手で迎える。

「おかえり、桜庭」

「美月ちゃん！　会いたかったよ！」

「なに言ってんだよ……」

「もちろん深澤にも」

「え……」とドギマギする深澤に幸保がツッコむ。

「なに照れてんの」

「お前がいなかったせいで雑用が溜まってる。患者のサマリー、紹介状の返事、採血のオーダー、やっておけ」

本郷の指示に「はい！」とうれしそうに応えて、桜庭は作業にとりかかる。そんな桜庭に「ちょっといいか？」と成瀬が声をかけた。

人けのない廊下に連れていかれ、「どうしたの？」と桜庭が尋ねる。

「まさかとは思うけど……お前のドナーって……」

成瀬の察しのよさに驚きつつ、「さあ、誰なんだろうね」とごまかすと、桜庭は医局へと戻った。

「……」

「二十代女性。レストランの二階から転落。頭部を強打し、JCS100の意識障害があります」

救急隊員から患者を引き取りながら美月が尋ねる。

「付き添いの方は？」

「恋人の男性が」

救急車から降りてきたその恋人を見て、幸保は絶句する。

「どうして……」

バツが悪そうに目を伏せたのは、青山だった。

誰かの秘密を知ったとき、
一歩一歩積み上げてきた関係なんて、簡単に壊れゆく。

どんなに信じてた人も、オセロがひっくり返るみたいに一瞬で、白が黒になる——。

4

転落事故により運び込まれた二十六歳の女性、花園詩織《はなぞのしおり》を美月と桜庭が受け入れている。処置台を初療室へ移動させながら、美月が声をかける。

「花園さん、わかりますか？」

しかし反応はない。美月は桜庭にルートの確保を指示し、あとからついてくる幸保を振り返った。

「高岡、ＣＴオーダー！」

しかし、幸保はぼう然と詩織を見下ろしたまま、動こうとしない。

「高岡？　聞いてる？」

幸保は突然身を翻えすと、逆方向へ駆けだした。

「ちょっと、高岡!?」

幸保が向かったのは待合スペースだ。深澤と青山が何やら話をしている。幸保の様子を見て、深澤が怪訝そうな表情になる。

それにかまわず、幸保は青山に詰め寄った。

「どういうこと？　あの人、誰？　ちゃんと説明して！」

「ごめん……」と青山は困ったように言う。「あの子……俺と付き合ってるって思い込んでたみたいで……」

「え？」

「それ否定して、会うのは最後にしようって言ったら、急につかみかかられて。振りほどいたら階段から……」

「何それ。意味わかんない」

「俺のせいなんだ。俺が彼女を……利用したから」

「？……」


初療室では美月と桜庭が詩織の処置を続けている。容体がやや落ち着き、詩織がゆっくりと目を開けた。安堵しつつ、美月が数値をチェックする。

「呼吸と循環はＯＫ」

「わかった。ＣＴ室に連絡する」と桜庭が電話をかけにいく。

「花園さん」と美月は詩織に声をかけた。「ここは病院です。転落した際に頭を――」

さえぎるように詩織が尋ねる。「北斗は？」

「え？」

「北斗？　北斗!?　北斗おおおお！」

パニック状態に陥り、詩織はいきなり暴れだした。慌てて美月が落ち着かせようとするが詩織は言うことをきかない。

異変に気づいた成瀬が駆け込んできて、詩織の身体を押さえる。何事かと戻ってきた桜庭を振り向き、「ミタゾラム！」と叫んだ。

「りょ、了解」

「北斗おおおお！」


ＨＣＵのベッドで眠る詩織に青山が寄り添っている。少し離れたベッドの患者を診ながらも幸保はふたりが気になって仕方がない。

「詩織、大丈夫か？」

青山の声に幸保が振り向く。どうやら詩織が目を覚ましたらしい。

「……北斗」

幸保は詩織のベッドに行き、点滴の調整を始める。

「詩織、ごめん……俺……」

詩織はチラッと幸保をうかがい、言った。

「北斗……手、握って」

「え？」

幸保はじっと青山を見つめる。

「お願い……怖いの」

青山は迷うが、この状況では断れるはずがない。詩織が差し出す左手を両手で包んだ。

詩織はうれしそうに笑って、目を閉じる。

青山はベッド脇の幸保をうかがい、「ごめん」とそっと手で謝るポーズだ。つくり笑いを浮かべた幸保も、「全然」と口だけを動かす。

うっすらと目を開けた詩織がそんなふたりを見ている。


「じゃあなに？　高岡の彼氏はさっきの患者さん、花園さんを店の宣伝のために利用したってこと？」

スタッフステーションで作業をしながら桜庭が深澤に尋ねている。

「まあ」と深澤は曖昧にうなずいた。「あの子、いわゆるインフルエンサーらしくて、店の情報広めてもらうために結構思わせぶりな態度を彼女にとってたみたいで……」

「罪な男」と美月が吐き捨てる。

「面倒くさい修羅場にだけはならないといいけどな」

迷惑そうな成瀬とは対照的に桜庭は興味津々だ。

「花園さんの猛烈アタックに押されて、高岡のほうがフラれたらどうする!? ヤバいことになりそうだな～」

「誰がフラれるって？」

背後からの幸保の声に、桜庭はビクッとなる。

「高岡……」

殺気を感じた桜庭は、慌てて深澤の後ろに隠れた。

「絶対平気。あんな女、ただのかまってちゃんだから」

「かまってちゃん？」と美月。

「ひとの彼氏にかまってほしくて大げさに騒いで。階段から落ちたのもわざとかも」

辛辣な幸保に、「いやいや、さすがに言いすぎだろ」と深澤が引き気味に返す。

「嫉妬って怖いね～」

ギロッとにらまれ、桜庭はまたも深澤の後ろに避難する。

そこに本郷がやってきた。

「高岡、さっきの急患の経過観察、お前に頼む」

「え……」

「朝倉。三十分後にうちの消化器内科にかかりつけの患者が運ばれてくる。吐血してるらしい。処置頼んだぞ」

「わかりました」

本郷が去ると、さっそく幸保が文句を言いはじめる。

「どうして朝倉が重症患者の処置で、私があの女を診なきゃならないわけ？」

「さあ……」


内心の葛藤を押し隠し、幸保が詩織の容体を診ている。

「あー、肩が痛い。ねえ、肩揉んでくれない？」

「はい？」

「痛たたたた。早くしてよ」

少し離れたベッドの患者の全身管理をしていた美月が、患者にキレやしないかと心配そうに幸保をうかがう。

「お言葉ですが、ここはマッサージ店ではありませんので」

「聞いたよ」と詩織は幸保に挑発的な視線を向ける。「あんた、北斗の〝知り合い〟なんだってね」

怒りを懸命に抑えつけているとペットボトルの水を手に青山が戻ってきた。すかさず詩織は声のトーンを上げて甘えだす。

「北斗〜、肩が痛くてつらいの〜」

「え？」

「揉んで、揉んで。お願い〜」

見事な猫かぶりに幸保は思わず感心してしまう。チラッとこっちを気にする青山に笑顔をつくり、「どうぞ、どうぞ」とうながす。

仕方なく青山は詩織の肩を揉みはじめる。

「北斗、上手〜」

「……ごゆっくり」

バカらしくなって幸保はＨＣＵを出た。

廊下で待っていた美月が、「大丈夫？」と幸保に尋ねる。

「何が？　早く戻らないと本郷先生ご指名の重症患者が来るんじゃないですか？」

「無理して笑って、彼氏の前で余裕ある女のふり？」

「べつに私は……朝倉とは違うから」

「え？」

「ご心配していただかなくても北斗があんな女になびくはずない。ガッツリ浮気された朝倉とは違うの」

「なっ……」

美月の古傷をグサッとえぐるような言葉を残して、幸保はそこを立ち去る。

幸保を気にしつつも、美月は初療室へと向かった。


スタッフステーションで電子カルテを記入しながら、幸保はつい愚痴ってしまう。

「なんで朝倉ばっかり……」

隣で作業をしている深澤が、「仕方ないだろ」と返す。「同期とはいえ、年齢も経験も俺らとは違うんだから」

そこに本郷が顔を出した。

「深澤と高岡、病棟回ってこい」

「え？……」

不服顔を見せる幸保をまるで気にせず、「頼んだぞ」と本郷は去っていく。

「こんなことをするためにここに来たんじゃないのに……」

患者リストを見ながら廊下を歩く幸保に深澤が尋ねる。

「高岡はさ、どうしてそんなに焦ってるんだ？」

「え？」

「いや、俺からしてみれば知識も豊富だし、肝も据わってるし、十分凄いと思うけど」

「……私さ、三十までに結婚するって決めてるんだよね」

思ってもみなかった返しに、「は？　結婚？」と深澤は驚く。

「女医には三〇％の法則があるの知ってる？　三〇％が独身。三〇％が結婚。三〇％が離婚――。悲惨でしょ？　必死に勉強してようやく医者になれたとき、周りに『すごいね』って言われるかと思いきや、『結婚できなさそう』『大変そう』って同情された。なんか悔しくて」

「……」

「だから私は絶対、仕事もプライベートも充実させて、誰もがうらやむ女医のロールモデルになるって決めたの。そのためには一刻も早く一流になって、子どもを産んでもすんなり現場に戻れるだけの実力が欲しいってわけ。深澤みたいにうかうかしてらんないの」

「悪かったな。うかうかしてて……」

唐突に毒を吐かれて深澤はムッとするが、幸保は気にしない様子で足を速めた。

本郷に頼まれた患者の処置を終え、「CT行きます」と美月が処置台を運ぼうとしたとき、「ヤバいヤバいヤバいヤバい」と血相を変えた舞子が初療室に飛び込んできた。

「どうしたんですか？」

「大変なんです！　花園さんがいなくなっちゃって。ベッドがカラで、どこにも見当たらないんです……」

そこに巡回を終えた深澤と幸保が戻ってきた。騒ぎを聞きつけて「何かあったのか？」と深澤が美月に尋ねる。

「花園さんがいなくなったって」

「え!?」

「捜しにいこう」

駆けだそうとする美月を、「いやいや、その患者」と深澤が慌てて止める。

「あ……」

「行こう、高岡」と深澤がうながすものの、幸保はその場を動こうとはしない。

「どうせトイレか何かでしょ？　そんなに慌てなくたって、そのうち戻ってくるでしょ」

「心配じゃないの？」と美月が詰め寄る。「花園さんは脳震盪起こして搬送時に意識悪かったし、痙攣を起こす可能性もある。しばらくは経過観察する必要が――」

「はいはい」とさえぎり、幸保は「行けばいいんでしょ、行けば」と出ていく。

「なに、あの言い方……」

「まあまあ！　じゃ、行ってくるから」と深澤が慌ててあとを追う。

やみくもに病院内を駆け回る深澤とは違い、幸保は詩織が行きそうな場所をピンポイントで捜していく。

フロアごとの女子トイレを確認し、次に向かったのは一階のカフェコーナー。案の定、奥のテーブルでカフェラテを飲みながら鏡に向かっている詩織を見つけた。

幸保は詩織の前に立つと、大きくため息をついてみせる。

「勝手に病室抜け出して、何してるんですか？」

「見ればわかるでしょ。メイクよ、メイク。今から就寝前のインスタ用の写真撮るから」

「はい？　バカなこと言ってないで、ちゃんと安静にして、さっさと回復して、とっとと退院してください」

本音がだだ漏れの幸保に詩織が笑う。

「北斗が帰ったから、ようやく本性出してきたわね。それが患者に対する態度？」

「いいから、戻りますよ」

詩織はメイクを続けながら、言った。

「あんたってさ、友達いないでしょ？」

「は？」

「うわべだけの浅い付き合いしかしてなさそうだもんね」

「……お褒めいただき、どうも」

「私のインスタ見たことある？　フォロワー8万人」

「興味ありません。ほら、早く戻りますよ」

幸保は詩織を無理やり立たせてHCUへ連れ戻す。

戻ってからも、詩織は病室が寒いだのベッドが固くて腰が痛くなるだのわがままを言い続けた。

キレそうになる幸保を深澤が必死になだめ、どうにかその夜の勤務を終えた。

＊　＊　＊

翌朝、だらしないほどのニヤケ面で深澤がスマホを見ている。画面に表示された詩織のインスタには深澤との2ショット写真がアップされていた。しかも、『#イケメンのお医者様と病院お泊り#医療従事者マジ感謝』とハッシュタグがつけられているのだ。

「へえ、イケメンのお医者さま？」

「まあ、フフッ。そうらしい……」

うれしそうに振り返ると、美月の軽蔑のまなざしが視界に飛び込んできた。

「！　朝倉……」

「勤務中に何やってんの？」

「いや、これはその……花園さんがどうしてもって言うから……」

そのとき、疲れ果てた様子の幸保が戻ってきた。

「あの女、もう無理……」とテーブルに突っ伏す。「なんで私があいつのお目覚めのコーヒー買いにいかなきゃならないわけ？」

そのまま顔だけ舞子に向けて「益田さん！　これから花園さんに何か言われても、絶対に私のことは呼ばないでください。どうせ大した用じゃありませんから！」と言う。

「そんなこと言って何かあったらどうするの？」と美月がたしなめる。「どんな相手だろうと患者は患者でしょ」

「出た出た、口うるさいオバサン。おなかいっぱいでーす」

むくっと起き上がると、幸保はスタッフステーションを出ていった。

「オ、オバサン……高岡！」

「まあまあ朝倉、今は我慢。我慢だ！」

美月を懸命になだめる深澤に、成瀬がボソッとつぶやく。

「お前も大変だな。あちこち火消しして」

「手伝ってくれてもいいんですけどね……」

「断る」

ぴしゃりと言って、成瀬も出ていく。

「ですよね……」


勤務を終えた深澤が、内科病棟の廊下を重い足どりで歩いている。

「なんか二倍疲れたな……」

「ホントそれ」

声に振り向くと美月がいた。

「え、朝倉!?　なんでこの階に」

「心美ちゃんにこれ頼まれちゃって」と手にしたファッション雑誌を見せる。「お兄ちやんじゃ買い間違えそうだからって」

「そりゃどうも……って、いつの間にそんなに仲よくなってんだよ！」

「ん？　あの子……」

キョロキョロと辺りを見回している制服姿の男子高校生に、美月が歩み寄っていく。

「こんにちは」

「あ、花火大会のときの先生！　その節はたいへんお世話になりました」

美月に頭を下げたのは勇馬だ。

「いえいえ、すっかり元気そうでよかった」と美月も笑顔になる。

「なに？　知り合い？」

「何言ってるの？　彼は心美ちゃんの彼氏でしょ？」

美月の言葉に深澤は仰天した。

「彼氏!?」

「はい、彼氏です！」と勇馬が元気に答え、美月に尋ねる。「あの、こちらは？」

「……」

深澤の全身から放たれている殺気にようやく気づき、勇馬は固まった。

「申し訳ありませんでした！」

廊下の隅に連れていかれた勇馬は、深澤に向かい直角に腰を折った。

「まさかお兄さまだったとは……。花火大会のときは勝手に心美さんを連れ出してしまって、すみません……。あの……あらためまして、岡本勇馬です！」

なおもぶ然としている深澤に、美月が言った。

「ちょっと。返事くらいしなさいよ。心美ちゃんだって彼氏くらいいるでしょ。いくつだと思ってんの」

不機嫌なまま深澤は勇馬に尋ねる。

「……今日、学校は？」

「土曜なんで休みっす」

「じゃあ、なんで制服なんだよ！」

「午後から部活なんで」

勇馬が手にしているボールバッグを見て、深澤は言った。

「サッカー部か。どうせチャラついてんだろ」

「あ、これスイカっす！　俺んち八百屋なんで、心美さんに差し入れを」

何も言えなくなる深澤を見て、美月は思わず噴き出した。

「あの……それで心美さん、花火大会で怪我したとこ、まだよくならないんすか？」

「え？」

「あれからずっと学校休んでるから心配で……。いくら見舞いに行くって言っても、来ないでいいって言われるし……いつ頃退院できるんすかね？」

美月はチラッと深澤をうかがう。少し考え、深澤は勇馬に告げた。

「怪我ならしてない。違う理由で入院してる」

「え？」

「心美は生まれつき血管の病気なんだ」

「血管の病気……どういうことっすか？　それって治るんですよね？」

「……あいつの病気は完治するものじゃないんだ」

「え……」

病院を出た美月は、隣を歩く深澤に尋ねた。

「心美ちゃんの病気のこと、勝手に話してよかったの？」

「べつに……いずれわかることだし……隠すのも変だし」

だけど、心美ちゃんが黙っていたのには理由があるはず。

変にこじれなきゃいいけど……。

と、駐車場のほうから青山がやってきた。互いに気づき、会釈を交わす。

「今からまた花園さんのお見舞いに？」

「はい」と青山が美月にうなずく。「会いにきてって何度も連絡がきて……むげにもできないんで。それじゃあ」

足早に病院に入っていく青山を見送りながら、深澤が言った。

「相当振り回されてるな……。高岡のヤツ、大丈夫かな」

「……」

その頃、帰宅途中の幸保は青山から届いたメールを見返して、ため息をついていた。

詩織の見舞いのため、今日も会うことができない、とある。

むしゃくしゃする気持ちを誰かに吐き出そうと、幸保はメッセージアプリを立ち上げる。しかし、トーク一覧をスクロールしても、これという相手が見当たらない。

頭の中で詩織の声がリフレインする。

『あんたってさ、友達いないでしょ？』

「うるさい……」

スマホをしまうと、幸保はイラつくような足どりでふたたび歩きだした。

出勤前に深澤は心美の病室に顔を出した。

「心美、着替え持ってきたぞ」

しかし、心美は浮かない表情でベッドから身を起こしたまま、反応しない。

「心美？」

ようやく心美が深澤を見た。目には怒りの色がにじんでいる。

「勇馬に話したでしょ。私の病気のこと」

「！」

「どうして……」

「いやそれは……いつまでも隠し通せるわけじゃないし、早めに伝えたほうがいいかと思って」

「勝手なことしないでよ。お兄ちゃんには関係ないでしょ！」

「関係ないって、こっちはお前を心配して——」

「それが余計なお世話だって言ってんの！」と心美は激しい怒りをぶつける。「私は私でちゃんといろいろ考えてたのに……どう言えば勇馬に嫌われないかとか、タイミングとか、ずっとずっと考えてたのに！」

「心美……」

「もう出てって」

「……」

「出てってよ！」

そう叫ぶと心美は布団にもぐり込んだ。

「……」


地の底に届かんばかりの深いため息をつきながら、深澤がどんよりと作業している。

隣の美月が憐れむように言った。

「心美ちゃんに怒られたんだ」

「！」

「やっぱり……」

「心美も……もう十六なんだよな。そりゃあいろいろ考えるよな」

反省しきりの深澤に美月は少しばかり同情してしまう。

幸保がスタッフステーションに顔を出し、「ねえ、桜庭は？」と尋ねる。

「今日もビジネススクールみたい」と美月が答える。

「ったく、御曹司が。また私が雑用やらされんじゃん。あ〜、もう！」

苛立ちをあらわに去っていく幸保を見送り、深澤が言った。

「なんか高岡、ますます機嫌悪いな……」

「……」


仕事、仕事……と自分に言い聞かせ、幸保は病室のドアを開けた。ベッドでスマホをいじっている詩織に、「花園さん、ご気分いかがですか？」と精一杯の笑顔で声をかける。

「こんな大部屋に移されたけど、気分は最高。こんなの見つけちゃったからさ」

詩織がスマホの画面を幸保に向ける。映し出されているのは幸保の実家、高岡美容整形クリニックのホームページだった。

「!!」

「あんた、ド田舎にある美容整形クリニックの娘なんだ？　立派な建物。ひとの悩みにつけ込んで、相当金儲けしてんのねー」

どうにか怒りを抑えようとしている幸保を、詩織はさらに挑発する。

「今どきネットで調べればなんでもわかんのよ。あと、これも出てきた」

スマホを操作し、新たに画面に表示させたのは、八歳の幸保が地元・山梨のピアノコンクールで入選したときの写真だった。

照れくさそうに賞状をかかげているのは、眼鏡をかけたおさげ髪の地味な女の子で、今の幸保に写真の面影はまるでない。

「超ウケるんですけど」と詩織は笑う。「マジ地味〜。あんたのその顔も、整形だったりして？」

堪忍袋の緒が切れ、幸保は詩織の手からスマホを奪う。

「ちょっと！　何すんのよ!?」

「患者だからといっても、やっていいことと悪いことがあります！」

「返してよ！」

怒声を発しながらスマホを奪い合うふたりに、同室の患者が慌ててナースコールを押す。すぐに美月が飛んできた。

「高岡！　何やってんの！」

体を押さえられても、「放してよ！　この女が！」と幸保は暴れる。

「落ち着いて。相手は患者さんだよ！」

ハッと我に返り、幸保の動きが止まる。すかさず詩織がスマホを奪い返した。

「ホント最低……ありえない！」

「あり得ないのはそっちでしょ。私と北斗の関係知って、嫉妬して、さんざん嫌がらせして……あんたなんか患者でもなんでもない！」

吐き捨てるように詩織に言って、幸保は病室を出ていった。

幸保が帰り支度をしていると、美月と深澤が慌てて医局に入ってきた。

「ちょっと！　帰るってどういうこと？」と美月が詰め寄る。

「具合が悪いの。ほっといてよ」

出ていこうとする幸保を、「待って」と美月が引き留める。「具合悪いとか病気利用するなんて……医者がやること？」

「医者、医者うるさいな……。私だって人間なの！　ああいう患者が来たら、頭にくることだってある！　男に浮気されたってヘラヘラしてられる朝倉とは違うの」

「何それ……どういう意味？」

険悪な空気に、「ちょっとふたりとも」と深澤が割って入る。

「朝倉、本気で恋愛したことないんじゃないの？　普通、好きな人に浮気されたら、もっとショック受けるでしょ。仕事より自分の感情優先したくなることだってあるでしょ」

「高岡に……私の気持ちなんてわからない！」

「そっちだって何もわかってない……。私はね、夜働く北斗に生活リズム合わせるためにわざわざここで働くことを選んだの」

「え？」

「そんな理由……？」と深澤まで驚いてしまう。

「今どき何店舗もお店経営できるような人、そういないでしょ。北斗に好かれるために髪形だって服装だって変えた。そうやって今までさんざん努力してきた。なのにあの女……横からひょいって現れて、北斗のやさしさにつけ込んで……。そんな相手、許せるはずないでしょ！」

「ちょっと待って……。北斗さんに合わせて職場まで決めたって……じゃあ本当の自分は？　そこまでして北斗さんに依存して、本当の高岡はどこにいるの？」

「それは……」

言葉に詰まった幸保は、苛立つように返す。

「そんなの朝倉に関係ないでしょ！　とにかく、あんなわがままな患者の相手なんてしてらんないの。お疲れ」

出ていく幸保を、「ちょっと待って！」と美月は追いかけようとする。その腕を深澤がつかんで引き留める。

「今はもうやめとけよ」

「……」

そこに成瀬が戻ってきた。平然と自席に着いて言った。

「感情に任せてものを言い合う。いい大人のすることとは思えないな」

「……」


スタッフステーションで作業中の深澤に、美月がためらいがちに話しかける。

「ねえ、私さっきさ、結構、高岡にひどいこと言ってたよね？」

「言ってたね」

「きっと突かれたくないこと、グサグサ刺してたよね？」

「刺してたね」

「うわあ。やっちゃったなあ……。深澤、なんで止めてくれないわけ!?」

「いやいや、止めてたから！」

そのとき、ホットラインが鳴った。近くにいた成瀬が受話器を取る。

「はい。あさひ海浜病院救命救急センターです」

「八坂消防です。清掃作業中に薬剤が混合したガス事故による塩素ガス中毒疑い三名の収容依頼です。四十代男性、目、鼻の痛みと頻脈。五十代男性、頻呼吸でＳｐＯ２（サチュレーション）八〇％台。三十代男性、四肢の震えと不整脈を認めます」

「全員受け入れろ」と本郷が指示する。

「でも桜庭が休みで高岡も帰っちゃって、人手が……」

泣きごとを並べる深澤に、「お前たちがまいた種だろ」と本郷がぴしゃりと言う。「お前たちでカバーしろ」

「！」

「やります」と美月は即答した。

＊　＊　＊

三人の患者が次々と初療室に運ばれてきた。

「塩素ガス中毒なんて診たことねえよ」と痙攣する三十代男性の姿に深澤は怖気づく。

そんな深澤に、四十代男性のＡラインをとりながら美月が叫ぶ。

「こっちは頻脈性ショック！　そっちひとりでやって」

「お、おう！」

急いで末梢静脈路を確保しようとするが、患者が震えてうまくいかない。

「くそ……」

焦る深澤を見て、五十代男性に補助換気しながら成瀬が指示する。

「末梢ラインがとれないならＣＶ（中心静脈。心臓近くにある上大静脈、下大静脈を指す）とれ！」

「はい！」

美月も患者の処置をしながら深澤を気にしている。

「深澤！　血圧下がってる！　シース急いで！」

「わかってる！」

深澤が必死に鎖骨下静脈にカテーテルを入れていく。

美月が患者にＡラインを入れ終えた瞬間、アラームが鳴り響いた。

「血圧下がってます！」と舞子が叫ぶ。

「どうして……」

美月は患者、川嶋亘《かわしまわたる》に大声で呼びかける。

「川嶋さん！　大丈夫ですか!?　川嶋さん！」

しかし、反応はない。

成瀬は五十代男性の処置を終えると、「このまま輸液全開で一本落としてくれ」と新村に指示し、初療室を飛び出した。

待合スペースにやってきた成瀬が叫ぶ。

「川嶋さん！　川嶋亘さんの付き添いの方はいますか!?」

「はい」と立ち上がった中年男性に成瀬は尋ねた。

「川嶋さんに既往歴はありませんか？」

「既往歴？」

美月は心臓の超音波検査で原因を探るが、よくわからない。

「何が起きてるの……？」

「先生、輸液一本入れましたが、頻脈が改善しません」

舞子の言葉に、美月の焦りは増していく。

そこにタブレットを手にした成瀬が戻ってきた。

「川嶋さん、うちの受診歴があった」と美月に電子カルテを見せる。

「体重減少、発汗……甲状腺機能亢進の疑い！」

「これなら輸液が効かなかった理由もわかる」

成瀬にうなずくと、美月が舞子に指示する。

「ベータブロッカーお願いします！」

「はい！」と舞子が駆けだす。


美月や深澤が自分の持つ力のすべてを尽くして患者を救っているとき、幸保はカフェテラスで青山からの返信を待っていた。

しかし、『今から会えない？　会いたい』と送ったメッセージには既読すらつかないまま、時間だけが経過していく。

ふとガラスに映る着飾った自分を見る。

『そこまでして北斗さんに依存して、本当の高岡はどこにいるの？』

美月の声がよみがえり、わけもわからず涙があふれてくる。


容体の安定した川嶋をＩＣＵへ移動する準備をしながら深澤が言った。

「あのカルテがなかったら、川嶋さん危なかったな」

「うん」とうなずき、美月はカルテを見直す。そのとき初めて、担当医師の欄に記された幸保の名前に気がついた。

「このカルテ……書いたの高岡だ」

「え？」と深澤も覗き込む。

「川嶋さんは以前、片頭痛で一度だけウォークインで受診してる」

「夜中のたった一回の診察で、甲状腺機能亢進を疑ったんだ。よっぽど気をつけて診察したんだろうな」と成瀬は感心する。

あらためてカルテを熟読して深澤が言った。

「こんなに細かく丁寧に書かれたカルテ、初めて見たよ。高岡のヤツ、真面目なんだな」

「……」


翌日。

深澤が浮かない表情の美月を気にかけていると、幸保が出勤してきた。様子をうかがうような美月と目が合うが、すぐに幸保は視線をそらす。

本郷が医局に入ってきたので、幸保が歩み寄った。

「本郷先生……すみませんでした」

頭を上げ、おそるおそる本郷の顔を見る。

「もう体調はいいのか？」

「はい……」

「さっさと着替えてこい」

「はい」

出ていく幸保をついつい美月は目で追ってしまう。

本郷は次に成瀬へと顔を向けた。

「成瀬、八雲院長が呼んでる」

「？……」


成瀬が院長室に入ると、すぐに八雲が切り出した。

「昼間に明侑医大から連絡があったよ」

そのことだったか……。

成瀬は覚悟して次の言葉を待つ。

「話し合いはうまくいかなかったそうだ」

「……そうですか」

「大丈夫かい？」

「こちらの病院にご迷惑はかけませんので。失礼します」

去ろうとする成瀬に八雲は言った。

「成瀬先生、あんまりひとりで抱え込まないようにね」

頭を下げると、成瀬は院長室を出た。


スタッフステーションで作業をしている成瀬に、美月が声をかけてきた。

「先輩、何かあったんですか?」

「え?」

「なんか妙にボーッとしてますけど。あ、夜食、おなかいっぱい食べすぎたとか」

「お前じゃあるまいし。さっさとカルテの整理しておけ」と追い払い、成瀬は気を引き締める。自分では普通にしているつもりだが、やはりどこか引きずっているのだろう。

「はいはい」と美月がパソコンに向かうと、幸保が立ち上がった。

「病棟行ってきます」

患者リストを手に出ていく幸保に、美月はチラッと視線を送る。

幸保が病棟の廊下を歩いていると、誰かのすすり泣くような声が聞こえてきた。声が漏れてくる病室のドアを静かに開けてそっと室内を覗く。

ベッドの上で眠りながら嗚咽しているのは、詩織だった。シーツをぎゅっと握りしめ、小さく身体を震わせ、泣いている。

その姿にただならぬものを感じ、幸保はそれ以上見ていられなくなる。

そのままドアを閉め、その場をあとにした。

動揺しながら廊下を歩いていると向こうから本郷がやってきた。

「どうした？」

「いや……」

「花園さんのことか？」

幸保の顔色が変わるのを見て、本郷が言った。

「昨日も泣いていた」

「どうして……」

「さあな。でも、お前の彼氏以外、彼女のところに見舞いにきた人は、誰ひとりいないらしい」

「！……」

「本当に頼れる人は、誰もいないのかもな」

そう言い残し、本郷は去っていく。

もしかしたら……。

幸保は詩織の言葉と、そのときのどこか寂しそうな横顔を思い出す。

『あんたさ、友達いないでしょ?』

『うわべだけの、浅い付き合いしかしてなさそうだもんね』

あれは自分のことを言っていた……!?


美月が医局に戻ると、幸保がデスクに医学書を積み上げて何やら調べものをしている。

深澤も戻ってきて、「何してんだ? 高岡のヤツ」と首をかしげる。

「さあ……」

その後も幸保は処置や作業の合間、時間ができると文献とパソコンに向かっていた。

翌朝、昼間スタッフとの引き継ぎを終え、勤務の交代をしようとしたとき、幸保が「待ってください」と口を開いた。

「先日脳外の病棟に移した花園詩織さんですが、彼女は精神疾患かもしれません」

「は?」と嘉島がキョトンとする。「何を言ってるんだ?」

「精神科にコンサルして、診察していただきたいと思います」

失笑する昼間スタッフたちを背にして嘉島が言った。

「適当なことを言われては困る。それに彼女はもう脳外の患者。我々が口をはさむことではない」

「でも……調べたんです。そしたら、気になることが」と幸保は用意した資料を皆に配っていく。それは精神疾患についてカテゴリー別に分析したものだった。

その詳細で丁寧な分析に、「これ高岡が……」と深澤が思わず声を漏らす。

「彼女の症状と似ている疾患がありました」

しかし、昼間スタッフたちは真剣に取り合わない。揶揄するように根岸が言った。

「そこまでして精神疾患に仕立て上げたいんですかねー」

「！」

「この患者とプライベートで揉めてるって噂だもんな」と別の若手医師が苦笑する。

「どうせ私情をはさんでるだけだろ。勘弁して――」

成瀬が根岸をさえぎった。

「黙って読め」

話にならないとばかりに嘉島は本郷に顔を向けた。

「本郷先生、あなたの部下たちがまたわけのわからないことを言っていますが、聞かなかったことにしていいですね」

そう言うと、これ見よがしに資料を破り捨てる。

幸保の顔が悔しげにゆがむ。

「朝倉、お前はどう思う？」と本郷はなぜか美月に尋ねた。

「え？……」

「花園詩織さんは精神科にコンサルすべきと思うか？」

「私は……高岡がそう言うならコンサルすべきだと思います。同じ医者として、私は高岡の目を信頼します」

信じられないという顔で、幸保が美月を見つめる。

「わかった」とうなずき、本郷は幸保へと顔を向けた。「ただし高岡、脳外との交渉と患者の説得、精神科への紹介はすべてお前がやれ。できるな？」

「はい……やらせてください」

「では、そういうことで。お疲れさま」

去っていく本郷に嘉島が叫ぶ。

「そういうことではない！　何をまた勝手に！」

怒る嘉島を無視して「あー、おなか減った。お疲れさまです」と美月も帰っていく。

その背中を見送りながら、幸保はさっきの美月言葉を反芻する。

すべてを捨てて仕事にのめり込むのはどうかと思うが、救急医としての力は認めざるを得ない。

そんな美月から「医者として信頼している」と言われたのだ。

それは、素直にうれしかった。

＊　＊　＊

見舞いに訪れた青山に、「これ見て」とスマホで写真を見せながら、詩織が楽しそうに話している。

「雲海テラスだって。きれい〜。退院したらふたりで見にいこうよ」

「……ああ」

青山が気乗り薄に返事をしたとき、幸保が病室に入ってきた。

「幸保……」と青山はバツが悪そうな表情を浮かべる。

「……なんの用？」

幸保は青山に顔を向けた。

「すみません、少し外していただけますか？　花園さんと話があるので」

「あ、はい……」

イスから腰を上げた青山を、「行かないで。北斗もいて」と詩織が引き留める。

「何？　話って」

仕方がないので青山も同席のまま幸保は話しはじめる。

「花園さん、これから精神科を受診してください」

「は？」

青山も驚いたように幸保を見る。

「精神科の先生を連れてくるので、一度きちんと診察を受けてください」

笑いながら詩織が返す。「どんな嫌がらせ。私のことムカつくからって、精神病扱いする気？　ひどすぎるんですけど……」

「たしかに最初は腹立たしく思ってました。あなたはただ単に北斗のことが好きで、自分のものにしたいから、邪魔な私にさんざん嫌がらせをするんだって思って」

「北斗の前で私の株を下げるようなこと言わないでくれる？」と抗議し、詩織は青山に言った。「全部この人の妄想だから」

かまわずに幸保は続ける。

「でも気づいたんです。あなたが執拗に北斗に依存して、つなぎ留めようとするのは、本当はひとりで寂しくて、不安で不安で仕方ないからじゃないですか？」

「え？」

「昨日花園さん……寝ながら泣いてましたよ」

「……まさか……」

まるで記憶にないので詩織は驚く。それでも怒ることも笑い飛ばすこともしないのは、目覚めると頬が涙で濡れていることが、たまにあるからだ。

「その姿が、私にはとても苦しそうに見えました」

「……だからって精神科なんて大げさな」

「大げさなんかじゃありません。髪が伸びたら美容室に行きますよね？　それと同じように、心のケアだってもっと気軽にしていいんです。いえ、そうすべきなんです」

「……」

「幸保……」

「私は医師として、今のあなたをほっておくことはできない……。もし私の思い過ごしだったとしたら、そのときは土下座でもなんでもします！　だからどうか、精神科を受診してください。お願いします」

下げられた幸保の頭を見ながら、自分のためにこんなにも真剣な言葉をかけてもらったのはいつ以来だろうと、詩織はぼんやり思う。

すべてを終えて病院を出ると、すでに日が傾きかけている。

もう寝る時間ないじゃん……と幸保がため息をついたとき、深澤の姿が目に入った。

「深澤……」

近くの公園に場所を移し、「はい、お疲れ」と深澤がペットボトルを差し出す。

「ありがとう。もしかして、ずっと待っててくれたの？」

それには答えず、深澤は尋ねる。「どうだった？　花園さん」

「精神科の先生に診てもらった。境界性パーソナリティ障害っていう精神疾患の可能性が高いだろうって」

「そっか……。高岡、よく気がついたな」

「……彼女は、私だから」

「え？」

「私だって、彼女みたいになってたかもしれない」

幸保はかつての自分を思い出しながら、語りはじめる。

「うちの両親、美容整形クリニックやっててさ。二十歳の誕生日に親からなんて言われたと思う？」

「さあ……」

「誕生日プレゼントに整形してあげようか？って」

「え……」と深澤は絶句した。

「マジ笑えるでしょ。まあ私、ずっと勉強ばっかしてる真面目で地味な、つまんないヤツだったからさ」と幸保は苦笑してみせる。「その親のひと言で、ありのままの自分じゃ誰にも受け入れてもらえない。その程度の人間なんだって思い知った。それから必死に着飾って化粧して、ひとからスゴいねって言われたいがために医者になった」

「……」

「今思えば、北斗と付き合ったのも誰もがうらやむ人と付き合えば、空っぽで何もない自分をごまかせる気がしてたからなのかも」

「高岡……」

「そういう意味じゃ朝倉に言われたとおり。北斗に依存して、利用してたんだよね。あーあ、ホントつまんない人間。どうりでちゃんとした友達すら、いないはずだよねー」

自嘲する幸保に、深澤は言う。

「俺はべつに高岡のこと、つまんないヤツだとは思わないけど」

「え？」

「動機はどうであれ、真面目で勉強熱心な高岡がいたから救われた患者さんがいたわけで……そこまで一つのことをやり切れるって、スゲーことだと思うよ」

「……ありがとう」

そう言うと、幸保はふっと笑った。

「私も終わりだなー。深澤になぐさめられる日がくるなんて」

「おい！」

「で？　そう言えば妹ちゃんとは仲直りしたの？」

「……それが……って時間！」

「え？」と幸保は時計を確認して「ヤバッ！」とベンチから立ち上がった。

ふたりは慌てて病院へと駆けていく。


ほぼ時間差なしに三人の急患が運び込まれた初療室はてんやわんやだ。頸部刺創患者の気管挿管を終えた美月が、隣で別の患者を診ている桜庭に声をかける。

「早くこっち入って、手伝って」

「待ってよ！　今、ＣＶとってて」

「先輩！」と振り向くも、成瀬も違う患者を処置中だ。

「今、穿頭してる。もう少し待て」

美月の患者が急変して舞子が叫ぶ。「血圧低下してます！」

「総頸動脈の損傷かな……ここで創を開いて止血します。本郷先生は？」

「今、オペ室で大腸穿孔《せんこう》の緊急手術してます！」と新村が答える。

「もういい……ひとりでやる」

「無茶するな！」と手を動かしながら成瀬が叫ぶ。「こっち終わったら行くから、待ってろ！」

「でも……」

そのとき、幸保と深澤があたふたと入ってきた。

「創の展開は私がする。朝倉はさっさと止血して」

頼もしい仲間の復帰をうれしく思いつつも、美月は言った。

「来るのが遅い」

親しみを含んだ美月の口調に、深澤が微笑む。

息の合った様子で処置を進める美月と幸保をチラ見して、成瀬と桜庭も安堵する。

翌朝、勤務を終えた深澤は心美の病室の前にやってきた。

大丈夫。心美はやさしい子だ。

心を尽くして謝れば、きっと許してくれる。

意を決してドアを開け、ギョッとした。

「はい、あ〜ん」とベッド脇に座った勇馬が心美にリンゴを食べさせているのだ。

「え……なんで⁉」

もぐもぐと口を動かしながら、「あ、お兄ちゃん」と心美が顔を向ける。

「何してんだよ、離れろよ！」

動揺する深澤に、勇馬は目を輝かせながら言った。

「お兄さま、俺、気づいたんすよ！　心美さんと一緒なら、場所は高校でも病院でもどこだってかまいません！」

「だってさ。さすが勇馬！」

「俺が悩んだ意味……」

「お兄ちゃんもさ、恋したほうがいいよ。恋！」

まさかの十一コも年下の妹からの恋愛アドバイスに、「は？」と深澤の目が点になる。

「好きなんでしょ？　美月先生のこと」

「!!」

「そうなんですか⁉　好きな――」

「声がデカい‼」と深澤は勇馬をさえぎり、「てか離れろ‼」と心美から引きはがす。

美月がベランダで洗濯物を干していると、一台のトラックが寮に入ってくるのが見えた。干し終わり、なんだろうと表に出る。

そこに深澤も帰ってきた。

「なんだ？」と美月と顔を見合わせる。

トラックの後ろにタクシーが停まり、後部座席から幸保が降りてきた。

「高岡……」

「なんで……」

ふたりに向かって幸保は言った。

「今日から私もここに住むことにしたから。よろしく」

「ウソでしょ……」

あ然とする美月の隣で深澤がふっと笑みをこぼす。

引っ越し作業が終わると、さあ歓迎会だと成瀬を除いた四人は屋上で飲みはじめる。

成瀬も誘おうと思ったのだが、部屋にいなかったのだ。

「まさか高岡までこの寮に引っ越してくるとはな」

一杯目のビールを飲み干し、深澤が言った。

「だってここ、家賃月三万でしょ？　浮いたお金、洋服代とか美容代に回せるじゃん」

「そんな理由？」と桜庭があきれる。「でも高岡ってほら、あのイケメン彼氏の家のそばに住んでたんじゃないの？」

「あ、いいのいいの。別れたから」

あっけらかんと言われ、深澤と桜庭は目をパチクリ。

「別れた!?」

「ウソ!?」

「もしかして……フラれた？」と美月がおそるおそる尋ねる。

「朝倉と一緒にしないでよ！　違うから」

「え、違うの？」

「誰かさんに言われちゃったからねー。いちばん言われたくない言葉」

幸保は美月の口調を真似て再現する。

「そこまでして北斗さんに依存して、本当の――」

「あー、ごめんごめん」と美月がさえぎる。「もういいから、その話は」

「なになに」と桜庭が食いついた。「なんて言われたの？」

「はい、飲んで飲んで」と話をそらそうと美月が桜庭のコップにビールを注ぐ。

幸保は美月に宣言した。

「だからこれからはもっと自分に自信をつけて、やりたいことちゃんと見つけて、絶対見返してやるって決めたの」

「そりゃどうも……」

「なになに？　なんて言われたの？　教えて、教えて！」

しつこい桜庭に、美月と幸保が同時に言い放つ。

「うるさい」

そのシンクロっぷりに、「すっげえ仲いいじゃん」と深澤が笑う。

三人と楽しく飲みながら、幸保は思う。

ずっと空っぽの自分が怖かった。

でも今はそんな自分ををありのままに楽しもう。

何も持たないということは、これから先、なんでも持てるということなんだから——。

ジャンケンに負けて買い出しに行くことになった美月が財布を手に部屋を出ると、郵便受けの前に成瀬がいた。

手にした郵便物をその場で開封して読みはじめる。

「先輩？　何してるんですか？」

慌てて成瀬は郵便物を背中に隠す。

「先輩？」

何かを持てば持つほど、目の前の選択肢は増えていく。

たとえば仕事終わりの朝食に何を食べるか。誰と食べるか。

毎日がちょっとした選択の連続だ。

いつだって自分が正しいと信じた答えを選んできた。

でも、それが別の誰かにとっても正解とはかぎらない――。

5

「あ、ゴキブリ！」

「え？」と成瀬が気をとられた隙に、美月はその手から郵便物を奪い取った。そこに記されている『原告　秋山真紀』『被告　成瀬暁人』の文字にハッとなる。

「これ……どういうことですか？」

「……」

「もしかして先輩、訴えられてるんですか？」

「お前には関係ない」と郵送されてきた訴状を取り返すと、成瀬は自分の部屋へ戻っていく。

「……」


どんなに腕を磨き、鍛えようが、医療には限界がある。

それでも患者は望んでくる。百パーセント完璧な医療を。

その望みがあるかぎり、医者にとっていちばんの敵は、時に患者なのかもしれない――。

その夜、成瀬はいつにも増して美月に対し素っ気なかった。あまりにも露骨なその態度に、ふたりの間に何かあったのでは……と桜庭や深澤は気になってしまう。

皆が夜間勤務に入ってほどなくして、最初の急患が運び込まれた。身体にフィットした派手なドレス姿の若い女性だ。

「二十代、女性。キャバクラ店内で急に意識を失って転倒しました。割れたグラスで左の上腕を切り、動脈性の出血に対して圧迫止血しています」

救急隊員から受け入れ、初療室で美月が処置を開始する。しかし、傷が深すぎてうまく動脈をとらえられない。血があふれ出て、美月は焦る。

そこに成瀬が入ってきた。美月から有無を言わせず止血鉗子を取りあげ、代わりに処置を始める。あっという間に出血している血管をはさみ、舞子に指示する。

「3－0のバイクリル（縫合糸）お願いします」

「はい！」

見ていた新村が思わず声に出す。

「さすが成瀬先生、的確で早い！」

美月は悔しさに唇を噛みしめる。

二番目の患者の処置も成瀬に先を越されて美月が悶々とするなか、新たな患者が搬送されてきた。ものすごく太った中年男性で、かなり深刻な気胸だ。

美月はすぐに胸腔ドレナージにとりかかる。しかし、何やらもたつきはじめた。焦った桜庭が、「まずいよ、早く挿入しないと」と美月を急かす。

「わかってるって」と美月は懸命に手を動かすが、胸壁が厚すぎてチューブが入っていかない。

「どけ」と成瀬が強引に美月と入れ代わり、処置を始めた。大胆に胸壁を開いて、胸腔ドレーンを挿入する。

「……」


スタッフステーションに戻った美月は同僚たちに怒りをぶつける。

「成瀬先輩、なんなの！　なんでもかんでもひとりでやっちゃって！」

美月をなだめるために桜庭がその場は同意する。

「少しは俺たちに任せてくれたっていいのにね」

いっぽう深澤は本音を告げる。

「まあ仕方ないだろ。ここじゃ成瀬先生がいちばん腕もいいし、経験豊富なんだから」

空気読みなよと幸保がたしなめる。「ちょっと深澤」

美月はギロッと深澤をにらんで言った。

「これも全部、働き方改革のせいよ」

「え？」

「わからない？　働き方改革のせいで私たちは労働時間が削られた分、経験を積める機会も減った。成瀬先輩が一年で学べたことが、今は二年、いや三年はかかるかも」

「たしかに！」と幸保が強くうなずく。

「このままじゃ日本の医療のレベルは落ちる一方。それってさ、本当に患者のためなの？」

「まあでも、国が決めたことだから仕方ないよ」と桜庭は言う。「それに知ってる？医者の平均寿命って、普通の人より十年短いって言われてるらしいよ」

「マジ!?」

「最悪じゃん……」

深澤と幸保の表情が暗くなる。

「働きすぎは身体によくないってことだよ」

「私はべつに、それでもかまわないけど」

美月の発言に深澤はあきれる。

「は?……」

「大して誰の役にも立たないまま長生きするくらいだったら、太く短く生きたほうがマシ!」

声高に宣言してスタッフステーションを出ていく美月を、三人はあ然として見送る。

「さすがハイパーストイック」

「ヤバいな、美月ちゃん……」

「正気かよ……」


救急医を長くやっていると食事にかける時間が短くなる。特に麺類の場合は、食べている途中で急患が運び込まれたりすると残りがムダになってしまうから、自然に早食いになりがちだ。

いつものように成瀬がものすごい勢いでカップ麺をすすっていると、本郷が医局に戻ってきた。

る。

「うまそうだな」

無視して食べ続けていると、本郷が隣に座る。イスを回して身体を成瀬に向け、尋ねる。

「少しは下を育てようとか、そういう気概はないのか?」

「……患者が望んでいるのは最善の治療です。自分でやったほうが確実ですから」

成瀬は残りのスープを飲み干すと、「失礼します」と席を立った。

出ていく成瀬を、やれやれという表情で本郷が見送る。

ベッド脇のモニターをチェックしながら、美月がキャバ嬢の有紗《ありさ》と話している。

「え、OLさんなんですか? じゃあ……夜のお仕事は?」

「副業です。働き方改革のせいで会社の残業代減ったんで、生活のために仕方なく」

「そうだったんですか……」

「働き方改革されて余計働くことになるって、笑えませんよね」と有紗は苦笑する。

しかし、美月は聞いちゃいない。

「副業……その手があった……」

「?」

その夜四人目の急患は六歳の男の子だった。自宅の風呂場で溺れたのだ。

「日向《ひなた》！　日向！」と息子の名を叫びながら、母親の越川法子《こしかわのりこ》がストレッチャーに付き添って初療室に入ろうとする。

慌てて深澤が、「あ～！　お母さんはここまで」と止める。

「先生、お願いします！　日向を……息子を助けてください！」

「落ち着いてください！」

「絶対に助けて！　もしあの子に何かあったら私……」

パニック状態の法子を落ち着かせようと深澤は反射的に言った。

「絶対に助けますから、こちらへ」

待合スペースに法子を案内する深澤に、初療室へ急ぐ成瀬が険しい視線を向けた。


血液ガスの数値を見ながら、日向の処置について幸保が美月と相談している。

「酸素化は悪くないけど、どうする？」

「六歳だし、できれば挿管は避けたい」

そこに成瀬が、「代われ」と割り込んでくる。日向の容体を診て、すぐに気管挿管の準備を始める。

「何するんですか!? 私が受け入れた患者ですよ」

抗議する美月を成瀬は振り返って、

「だからなんだ？ これから呼吸状態は悪くなる。迷ってる場合じゃない」

強引に処置を進める成瀬に幸保はあきれ、美月は悔しくてたまらない。


さらに不機嫌な表情でスタッフステーションに戻ってきた美月の様子を見て、深澤が幸保にそっと尋ねる。

「朝倉、何かあったのか？」

「成瀬にまた患者とられた」

「ああ……」

そこに成瀬も戻ってきた。

「深澤」と厳しい表情を向ける。

「はい？」

「患者やその家族の前で『絶対に助ける』などと二度と口にするな」

引っかかる発言に、美月は耳を澄ませる。

「でもあの母親、すげえ不安そうだったから、つい……」

「医療に絶対はない。それくらいお前にもわかるだろ」

「それはそうですけど……」

言いたいことを言うと、成瀬は去っていく。

その背中を見送りながら、幸保がつぶやく。

「なんか妙にイラついてんね、成瀬のヤツ」

美月は成瀬のもとに届いた訴状を思い浮かべる。


日向が急変したという知らせを受け、成瀬がICUに駆け込んできた。ベッドの上の日向の鼻から挿入した胃管チューブが血まみれになっている。

法子がすがるように成瀬に尋ねる。

「先生！　どうして血が。治療はうまくいってるんじゃないんですか⁉」

成瀬は急いで日向の瞳孔やまぶたの裏を確認するが原因はわからない。日向は意識朦朧としている。

「先生、日向を助けてください！　お願いします！　お願いします！」

懇願する法子の声が、脳内で自分を訴えた秋山真紀《あきやままき》の声に変換される。

かつて同じように懇願され、俺はどうした……!?

「先輩！」

美月の声に、成瀬は現実へと引き戻される。

日向の状態を見て、「どうして……」と固まっている美月に言った。

「出血の原因を調べる。内視鏡の準備だ」

「はい！」

＊　＊　＊

日向の病状はどうにか落ち着いた。

ＩＣＵを出た成瀬は、待合スペースで眠れぬままに朝を迎えた法子に説明する。

「原因がわからない？　どういうことですか？」

「内視鏡検査の結果、広く胃の粘膜からの出血が見られましたが、その原因が特定できませんでした」

「そんな……日向はどうなるんですか？　命に別条はありませんよね!?　ちゃんと治りますよね!?」

矢継ぎ早の問いに、成瀬は答える。

「……できるかぎりのことはやらせていただきます」

「できるかぎりって、そんな曖昧な……」

母親としては不安が増幅するような言葉だ。法子の憤りは理解できる。

立ち会っていた美月が成瀬をうかがう。成瀬は時計に目をやり、平然と言った。

「あとは昼間のスタッフに引き継ぎます」

「え……先生は？　帰っちゃうんですか？」

不安をあらわにする法子に美月が言った。

「規則ですので、申し訳ありません」

肩を落とす法子に、美月にはそれ以上かける言葉がない。


八雲が出勤すると、院長室の前で私服に着替えた美月が待っている。

「朝倉先生……」

「おはようございます」

院長室に入ると、美月は成瀬の訴訟について八雲に尋ねた。

「そうか……訴訟のこと、成瀬先生に聞いたのか」

「聞いたといいますか、無理やり見たといいますか……」

ごにょごにょと言葉をにごしながら、美月は続ける。「その……成瀬先生、そんなにまずいことしたんですか？　まさか患者を……」

美月は八雲の耳もとでささやく。

「殺したとか？」

「違う違う、生きてるよ！」と八雲は慌てて否定する。「医療事故調査委員会でも、成瀬先生に医療ミスはなかったことが証明された」

「じゃあ……どうして訴訟に？」

「ご家族がそれでも納得してくれなくてね」と八雲がむずかしい顔になる。「突然お子さんが事故に遭ったんだ。無理もない」

それは成瀬が明侑医大病院に勤務していたときのことだった——。


搬送されてきたのは自転車事故による急性硬膜下血腫を発症した十歳の少年、秋山和《かず》樹《き》。意識レベルが悪く、脳幹周辺の圧迫も強すぎるということで担当教授は手術を断念したのだが、それに異議を唱えたのが成瀬だった。

家族から承諾を得ることができたなら好きにすればいいと教授に言われ、成瀬は母親の真紀の説得にかかった。

現在の和樹の状況、早急に手術をしなければ命に関わるということを丁寧に説明し、植物状態、脳死、死亡などさまざまなリスクを羅列した何枚かの同意書を差し出す。

「こんなにいっぱい渡されても、何がなんだか……」

書類を持つ真紀の手が震えはじめる。

「秋山さん？」

「息子がこのまま死んじゃうなんてことないですよね？　息子は助かるんですよね!?」

「それは……」

「助けてくださるなら、この書類にサインします！」

確約などできるはずもなく困惑する成瀬のもとに、看護師が駆けてきた。成瀬の耳に口を寄せ、「和樹くんの瞳孔が開いてきました」と小声で伝える。

「！」

焦りを抑えきれずに成瀬は真紀を急かす。

「お母さん、もう時間がありません。書類にサインをお願いします」

「ですから、助けてくださるんですよね!?　和樹は、また元気になれるんですよね!?」

不安で手の震えがさらに大きくなっている。それを見て、成瀬は思わず禁断の言葉を口にしてしまった。

「必ず助けます」

「だがその男の子は、命は助かったものの障害が残り、半身麻痺になってしまった。母親は約束が違うと成瀬先生を訴えた――というわけだ」

八雲の話を聞き終えて「そんな……」と美月は言葉を失う。

そんなひどい急性硬膜下血腫なら命が助かっただけでも凄いことなのに……。

「成瀬先輩は……今後どうなるんですか？」

「裁判がいい結果になってくれるといいんだけどね……」

「……」

出勤しようとして成瀬が寮のドアを開けると、美月が立っていた。

「なんだ……」

「話があります」

屋上に場所を移して美月は切りだした。

「院長に聞きました。訴訟のこと」

わざと大きなため息をついて成瀬は言った。「ひとのプライベートにそこまで首つっこんで、楽しいか？」

「私は……成瀬先輩が間違ったことをしたとは思えません」

「……」

「向こうが変な言いがかりつけてきてるだけじゃないですか。だからその……元気出してください」

思ってもみなかった美月からの激励に、このところ頭の中で堂々巡りしていた思いがポロッとこぼれた。

「……俺が、間違ったのかもしれないだろ」

「え？」

「不思議だよなあ。いつだって試験のときは百点とるのが当たり前だったのに」

「いきなり、なんの自慢ですか？」

「でも今の仕事は……答えのない問題ばっかりで嫌になるな」

「……」

「遅刻するぞ」

成瀬のあとを、美月は黙ってついていく。

「……以上のとおり、あなたたちが受け入れた重症患者のせいで、こちらは疲労困憊だ。まったく、なんのためにお前たちを雇って――」

「たいへんお疲れさまでした」と嘉島の愚痴交じりの引き継ぎを本郷が終わらせる。美月たち五人もさっさとそれぞれの持ち場に散ろうとする。

「あ、そういえば聞いたよ、成瀬先生」と嘉島が成瀬を引き留めた。

「?」

「患者家族に訴えられているそうだな」

「!」

スタッフたちがざわつき、深澤、幸保、桜庭が一斉に成瀬を見た。

「え?……」

「どういうこと?」

「成瀬?……」

黙ったままの成瀬をいたぶるように嘉島が続ける。「どうりで夜なんかに働いてるはずですね。普通の病院じゃ、なかなか雇ってもらえませんもんね」

「どうしてそのことを皆さんがご存じで?」と本郷が嘉島に尋ねる。

「秋山さんという女性が訪ねてきたんですよ」

「！……」

ショックを受けている成瀬の傷口に塩を塗るように、嘉島がネチネチと、

「息子をあんな状態にしておいて、先生は再就職ですかってぼやいてたぞ。今も息子さん、歩けないそうだ」

「成瀬……」と桜庭がうかがい、美月、深澤、幸保も成瀬を気にする。

嘉島は昼間スタッフを振り返った。

「我々も成瀬先生のように訴えられては困る。今一度、インフォームドコンセントを徹底するように！　患者にはリスクをはっきりと提示した同意書に必ずサインをもらうこと！　わかったな？」

「はい！」

「それから成瀬先生、裁判の結果によっては我々は君を守れないからな。うちの救命にまで変な風評被害が出たらたまったもんじゃない」

最後にそう釘を刺すと、嘉島は昼間スタッフを引き連れてスタッフステーションを出ていった。

「成瀬のヤツ、まさか訴訟中だったとはね……」

成瀬がスタッフステーションから出るや、桜庭、幸保、深澤が顔を突き合わせて話しはじめる。美月は少し離れたデスクでパソコンに向かっている。

「どうする？　裁判に負けてホントにここ追い出されたら」

幸保の問いかけに、深澤は「え……」と戸惑う。

「あり得るでしょ？　本郷先生が部下を守るとは思えないし」

「たしかに」と深澤はうなずく。「厳しいし、情があるとは思えないしな」

「あるよ！」と桜庭がすぐさま反論する。「本郷先生は本当はすっごくやさしくて、俺が昔――」

「あんたは黙ってて」と幸保がさえぎった。

桜庭はムッとして、「美月ちゃんはどう思う？」と話を振る。

「……え？」

「聞いてないし……」

深澤は美月のほうに行き、尋ねた。

「さっきから何やってんだ？」

「そうだ。深澤も手伝って」

「は？」

幸保と桜庭も気になり、美月のパソコンを覗き込む。

「これって……」

いっぽう、成瀬はＩＣＵで日向の検査データに目を通していた。

「血友病でもなかったか……。益田さん、昼間の連中に引き継いだＨＩＴ抗体の検査結果は？」

「まだ上がってきてません」と舞子が答える。

「そうですか……」

タブレットに目を戻し、カルテをスクロールしていく。そしてあることに気づいて尋ねる。

「日向くんの健康保険証の情報、空欄なままですね」

「ああ、それ、お母さん、保険証なくしちゃったみたいで」

「なくした？」

「見つかり次第、持ってきてもらうことになってます。あんなにきっちりとした感じのお母さんでも、なくしものとかするんですねー」

「家族歴」の欄には『特になし』――。

成瀬はしばし考えて、待合スペースの法子のもとに向かった。

「日向の父……ですか？」

成瀬の問いを法子が聞き返す。

「はい。お子さんはもしかすると、遺伝性の疾患である可能性も考えられます」

「え？……」

「ご主人の既往歴、何かご存じありませんか？」

法子はあからさまに動揺しはじめる。

「越川さん？」

「すみません……ちょっとお手洗いに」

逃げるようにその場を離れた法子を、成瀬は怪訝な表情で見送った。

＊＊＊

美月がＨＣＵからスタッフステーションに戻るとプリントアウトされた資料がデスクに置かれていた。資料には『調べといた。深澤』と付箋が貼ってある。

ざっと資料に目を通し、「へえ、深澤、調べものは早いんだ」とつぶやく。

「ねえ、朝倉。このくらいのサイズの封筒知らない？」

幸保が作成したA４の書類をかかげて尋ねてきた。

「ああ、それなら、そこの引き出し」と美月が備品棚を示す。

「ありがとう」

幸保は書類を封筒にしまいながら、「そういえばさ」と話しはじめる。「日向くん、まだなんの疾患かわからないの？」

「……そうみたい。子どもが胃から出血するなんて滅多にない症状だから……先輩も悩んでるみたいで」

「成瀬でもわからないことってあるんだね」

本郷がやってきて美月に尋ねた。

「越川日向くん、年はいくつだ？」

「六歳って聞いてますけど」

「おかしいな」と本郷は美月に問診票を渡した。「ここに書かれてある生年月日と年齢が合わない。母親はよっぽど焦って書いたのか？」

問診票に書かれた生年月日は『平成二十六年六月六日』だった。これだと日向の年齢は七歳になる。

美月は問診票を手に、急ぎ足でスタッフステーションを出た。

そんな美月を「？」と見送り、幸保は本郷に歩み寄る。

「お願いします」と手にした封筒を渡すや、美月のあとを追うように出ていく。

本郷は封筒の中身を確認し、デスクに置かれた資料を見て、ふっと微笑んだ。


成瀬が日向の全身管理をしていると、美月がＩＣＵに入ってきた。

「先輩、これ」と問診票を見せ、小声で言った。「ここに書かれている生年月日と日向くんの年齢が合いません」

「なに？」

「どういうことですかね？」

成瀬のなかにある懸念が広がっていく。

法子に話を聞くため、成瀬と美月はＩＣＵを出た。

早足にＩＣＵのほうへと向かう幸保の表情が気になり、深澤はあとを追った。

ＩＣＵに入るや、幸保は日向のベッド脇に置いてある私物を漁りはじめた。

「おい、何やってんだよ！」

「しっ！」と深澤を黙らせ、幸保は袋から日向の着ていた服を取り出していく。靴下の裏側を見て、「これ……」と顔色を変えた。

「？」


待合スペースで法子と向き合うと、成瀬は尋ねた。

「越川さん、日向くんが生まれた日は晴れてましたか？」

質問の意図がわからずに「え？……」と法子が成瀬をうかがう。

「生まれたときの日向くんの体重は？」

ようやく成瀬の目的に気づいて法子の心拍数が上がっていく。

「……三千……」

「身長は？」

「……覚えていません」

「覚えていないんじゃなくて、知らないんじゃないですか？」

動揺する法子に、成瀬はズバッと尋ねた。

「日向くんは、本当にあなたが産んだお子さんですか？」

「な、何を言ってるんですか。あの子は私の子どもです……。誰がなんと言おうと、私の子どもです！」

察した美月が法子に尋ねる。

「越川さん、どうしてそんな嘘を……」

「嘘じゃありません！　あの子は、私の子どもです！」

成瀬と美月が顔を見合わせたとき、幸保と深澤がやってきた。

幸保は手にした子ども用靴下を法子にかかげ、裏側にマジックで小さく書かれた『よこみぞひなた』という文字を見せる。

「よこみぞひなたくん。それが日向くんの本当の名前ですよね？」

「どうして勝手に……返してください！」と法子は幸保から靴下を奪い返す。

「役所に問い合わせます」

行こうとする幸保に、「待って！」と法子がつかみかかった。

「やめてください！　それだけは絶対にやめてください！」

「本当のご両親がほかにいるなら、今頃とても心配していると思います！」

「それだけはやめてください！　あの子のためにならない！」

幸保にすがりつく法子を、「越川さん、落ち着いて」と深澤が引き離しにかかる。

「どういうことですか？　ちゃんと説明してください！」

「このままじゃ私たちは何もできません。日向くんのことを思うなら、本当のことを話してください！」

成瀬と美月に詰め寄られ、法子は観念したように幸保から手を離す。

「……あの子は、実の両親から虐待を受けていたんです」

衝撃の告白に、その場の空気が凍りつく。

「アパートの隣の部屋に住んでいた私は、あの子がろくに食事も与えてもらえず、狭い車の中に閉じ込められている姿を何度も見ていました。心配で、どうにか助けてあげたくて……児童相談所に通報したんです。でも……」

「保護期間が終わり、またその両親のもとに帰されたんですね？」

法子は成瀬にゆっくりとうなずく。

「あの両親は反省するどころか、また余計なことを言ったら許さないとあの子に怒鳴っていました。毎晩、日向くんの泣く声が聞こえてきました。このままじゃあの子が殺される……そう思って、両親が出かけた際にあのアパートから……」

連れ去ったのだ……。

その事実の重さに、四人の表情が暗くなる。

「あんな人たち……親じゃありません！　私のほうがよっぽどあの子のことを大切に思ってます！」

「……」

そこに新村が駆け込んできた。

「先生、日向くんが！」

「!?」

皆は一斉にICUへと走る。

ベッドの上で痙攣している日向に駆け寄ろうとする法子を、「待合スペースでお待ちください！」と幸保が押し戻す。

「日向くん！」

成瀬が鎮静剤を投与している間に、美月が日向の容体を診ていく。鼻の下が血で赤く汚れている。

「どうして出血傾向が？　凝固系にも異常はなかったのに……」

日向の腕に赤い斑点ができているのに気づいた成瀬が美月に言った。

「頭部CT急ぐぞ」

「はい」

日向をストレッチャーに移し、成瀬と美月がＩＣＵから運び出す。目の前を通りすぎるストレッチャーのあとに続こうとする法子を、深澤と幸保が必死に止める。

「日向くん……日向くん！……」


モニターに映るＣＴ画像を見て、「やっぱりな……」と成瀬がつぶやく。

「脳出血……どうして……」

「身体のあちこちに出血斑もあった。凝固障害もなく血友病でも白血病でもＨＩＴでもないとなると、日向くんはオスラー病かもしれない」

聞き慣れぬ病名に、「オスラー病？」と美月が問い返す。


「なんですか？　それ……」

ＣＴ検査室の前で、成瀬が法子に説明している。

「全身の毛細血管に問題があり、そのせいでいろんな箇所から出血症状がみられるたいへん珍しい疾患です。日向くんはそのせいで脳出血を起こしています。すぐにオペをしないと命が危険です」

「そんな……」と法子は絶句した。「助けてください！　先生、お願いします！」

何度も頭を下げる法子に、本郷が言った。

「残念ながら、それはできません」

「本郷先生」と美月が振り返る。「でも、早く治療しないと手遅れに……」

「相手は子どもだ。親の同意なしにオペはできない」

美月はハッとする。

そうだ。この人は母親じゃない。

「あの子の母親は私です！」と法子は叫んだ。「私が同意するので、すぐに手術してください！　サイン、書きますから！」

「越川さん……あなたがしていることは犯罪ですよ！」

強い口調で成瀬がたしなめる。しかし、法子はひるまない。

「日向が助かるなら、犯罪者にだってなります！」

その断固たる覚悟に、成瀬も美月も圧倒されてしまう。

＊＊＊

スタッフステーションのテーブルに美月、成瀬、深澤、幸保が集まっている。美月が意を決したように、口を開いた。

「成瀬先輩、脳出血のオペは専門外の私にはできません。でも先輩ならできますよね？

日向くんのオペ、執刀してくれませんか？」

「なに言ってんだよ、朝倉」と深澤が美月の暴走を止めにかかる。

「お願いします。私も全力でサポートしますから」

成瀬はじっと考え込んでいる。

「私も……麻酔なら任せて」

「高岡まで……」

信じられないという顔を深澤が女性陣に向ける。「無理だろ。同意書がないんだぞ」

成瀬がおもむろに口を開いた。

「断る」

「……先輩……そんなにまた訴えられるのが怖いですか？　子どもの命が懸かってるんですよ」

「勘違いするな。サポートは断るという意味だ」

「え？」

「日向くんのオペは、俺ひとりでやる」

「そんなのむちゃですよ！」と深澤は慌てる。「何かあったら……」

しかし、成瀬の表情は微動だにしない。

ずっと黙って見守っていた本郷が初めて口を開いた。

「いいのか？　越川さんの話が本当なら日向くんの実の両親は虐待するような親だぞ。金目当てでお前を訴える可能性は十分にある」

「犯罪者になる覚悟で頼んでる人がいるんです。その想いに……応えないわけにはいきません」

成瀬の固い覚悟に、美月、深澤、幸保は心打たれた。

「それに、べつに成功させれば問題ありませんよね？」

「……わかった。麻酔は俺がやる」

「本郷先生まで！　何言ってるんですか!?」と深澤はついつい大声になる。

「この時間の責任者は俺だ。責任は俺がとる」

「！……」

「越川さんに手術の説明をしてくる」と本郷が立ち上がると、「オペの準備します」と成瀬もスタッフステーションを出ていった。

「このままでいいわけ？」と幸保が美月をうかがう。

「いいわけないでしょ」

ふたりは同時に席を立ち、成瀬のあとを追った。

「……クソッ!」と深澤も立ち上がった。


手術室前室で成瀬が手を洗っていると美月が隣に立つ。無言で手を洗いはじめる美月に成瀬が尋ねる。

「何しに来た?」

「ひとりでカッコつけるとかあり得ませんから。血腫除去のサポートくらいならできます」

今度は幸保が美月の隣で手を洗いはじめる。

「ひとりでやるより、うまくいくでしょ」

「……何があっても知らないからな」

「望むところです」と美月が応える。


受話器の向こうから流れる留守番メッセージに舌打ちして深澤が電話を切ったとき、本郷が医局に戻ってきた。

「お前は相変わらず雑用係か」

「朝倉に一応、越川さんの話が本当かどうか確かめろって言われて」

しかし、こんな時間に役所が動いているはずもなく、空振りに終わったところだった。

「それよりオペは？」

「高岡に任せてきた。私にやらせろとうるさくてな」

「そうですか」

ふっと笑みを漏らす深澤に、本郷が言った。

「お前はまるでハムスターだな」

「え？」

「いつまで経ってもたったひとり、同じところをクルクルと回っている」

自分のデスクへと去っていく本郷の背中に、深澤はボソッとつぶやいた。

「チキンの次はハムスターかよ……」

医局を出た深澤は手術室へ向かった。

しかし、入るのは見学室だ。

ガラス窓の向こうでは、成瀬が顕微鏡を覗き込みながら繊細な手術をしている。美月と幸保もそれぞれの役割を果たすべく、懸命に手を動かす。

何もできずに見守るだけの自分が、深澤には無性に悔しかった。

手術室前の廊下のベンチで、両手を組んだ法子が日向の無事を祈っている。

やがて、手術室の扉が開き、成瀬が出てきた。

「先生！　日向くんは!?」

「手術は無事終わりました。大丈夫ですよ」

「よかった……」

安堵のあまり、法子は顔を覆う。

「ありがとうございます。ありがとうございます」

泣き崩れる法子を、成瀬、美月、幸保が見つめている。

「親子ってなんだろうね。自分の子どもを虐待する親とか、信じらんない」

スタッフステーションに戻るや、幸保は言った。

幸保の言葉に美月はうなずく。

「私には……越川さんが日向くんの本当の母親にしか思えなかったな」

成瀬も同じ思いだが、簡単には肯定できなかった。

「あ、そうだ深澤。日向くんの本当のご両親は？　どうなった？」

美月に聞かれて深澤が答える。

「例のアパートの大家さんと連絡ついたんだけど、ご両親、家賃滞納したあげく蒸発したらしくて。警察にも問い合わせたけど、日向くんの捜索願すら出されてなかった」

「あり得ない」と幸保が憤慨する。「それでも親？」

「もし、越川さんが助けてなかったらさ、今頃日向くん――」

「それでも」と成瀬が美月をさえぎる。「彼女がしたことは許されることじゃない」

「……」


法子を連行にきた警察官に待ってもらい、美月と成瀬が法子の前に立つ。

「日向くんのこと……どうかよろしくお願いします」

ふたりに向かって、法子は深々と頭を下げた。

「わかりました」と成瀬が答える。

警察車両へと歩きだした法子の足が、ふと止まった。病院を振り返り、法子は心の中で日向に別れを告げているのだ。

その目に涙がにじんでいくのに気づいた美月は、思わず法子に声をかけた。

「越川さん、大丈夫です。また必ず会えますよ」

「え？……」

成瀬が驚いて美月を見る。

「日向くんのことは必ず私たちが元気にしてみせます。だから……また会えます」

日向と過ごした日々が法子の脳裏にあざやかによみがえる。記憶の中の日向が健やかにすくすくと成長していく。

次に会うときは、どんな日向と……。

「日向……」

もう一度ふたりに深く頭を下げると、法子は警察車両に乗り込んだ。走り去る車を見送り、成瀬は美月へ顔を向けた。

「どういうつもりだ？　アカの他人があんな保証できないことを……」

「あの言葉をかけたことが正しかったのかはわかりません。でも……不安なまま別れるよりも……少しでも希望を持ってほしかったんです」

「……」

「成瀬先輩もきっとそうだったんじゃないですか？　同意書にサインしていいのか不安そうだった秋山さんに、少しでも希望を持ってほしかった。だからあのとき、『必ず助ける』って、保証できない言葉をかけたんですよね？」

「……」

「私もその場にいたら、きっと同じことをしたと思います」

「……よく言うな。人ごとだと思って」

「はい。だって人ごとですから！」

笑って病院に戻る美月に、成瀬もふっと笑みを漏らした。


「訴訟中に警察沙汰か」と嘉島はあきれたように成瀬を見つめる。「成瀬先生、君はここをクビになりたいのか？」

黙ったまま嘉島と対峙する成瀬に代わり、美月が言った。

「待ってください。先輩のおかげで日向くんは――」

「ふざけるな！」と嘉島が言葉をさえぎる。「親の同意書なしにオペをするなどあり得ない！　あれほどインフォームドコンセントを徹底しろと言ったことをもう忘れたのか!?」

ヒステリックに怒りをぶつける嘉島に、本郷が言った。

「その形式的なインフォームドコンセントを徹底した結果、アメリカでは逆に訴訟が増えたという事実をご存じですか？」

「何？」

「マニュアルどおりに説明だけして、ありとあらゆるリスクを羅列し、患者に同意のサインだけ求める。医学的知識の乏しい患者が、医者の説明をすべて理解できるとは思えない。患者はよくわからないまま、とりあえず目の前の書類にサインすることになる」

成瀬は同意書を持つ真紀の手が不安そうに震えていたのを思い出す。

そんな彼女に、気ばかり焦った自分はサインを迫った。

最後には、あの禁断の言葉さえ使って……。

「そんな状況では、患者があとになって、あのとき自分がした決断が本当に正しかったのか、あの医者を信じてよかったのかと不安になるのは当然です。皆さんもインフォームドコンセントを実施される以上は、きちんと正しい使い方を理解してくださいね」

そう言い残すと、「では、お先に」と本郷はスタッフステーションを出ていく。ぐうの音も出ず、嘉島は悔しそうな顔でその背中を見送った。


「ああ、いろいろありすぎておなか減った」

「深澤、何かおいしい朝ごはん、作り置きしてないわけ？」

「ひとの朝メシにたかるなよ！」

美月、幸保、深澤がそんな会話をしながら寮に入っていく。

と、きっちりとした黒のスーツを着た成瀬が出てきた。

「先輩？　どうしたんですか、その格好」

質問には答えず、「お疲れ」と成瀬は行ってしまった。

「ひょっとして……葬式!?」

「バカなの？」と美月にツッコみ、幸保は自分の部屋へ向かう。

去っていく成瀬をぼんやりと美月は見送った。


秋山家の玄関で成瀬が、真紀に深々と頭を下げている。

「お帰りください」と真紀は成瀬をにらみつけた。「謝られたところで訴訟を取り下げるつもりはありません。だいたい家にまで押しかけてくるなんて非常識にもほどがあります！」

顔を上げて成瀬が言う。

「今日は……手術内容に関してではなく、手術当日の説明不足について謝罪しに参りました」

「え？……」

「私はただマニュアルどおりに説明するだけで、本当に秋山さんが理解されていたのかという配慮が行き届いていませんでした。そんな状況でリスクばかりが提示された同意書にサインを求められた秋山さんが、あとになって不安になられるのは当然だと思います」

「……」

「本当に申し訳ありませんでした」

ふたたび腰を折る成瀬に、真紀は言った。

「……いいから帰ってください」

成瀬は資料が入ったファイルを取り出すと、言った。

「すべて、私の責任です」

「はい？……」

「もし秋山さんが同意書にサインしたことを後悔されているのだとしたら、その必要はありません。すべて、私の責任です」

「！……」

「こちらは、私が執刀した際の詳しい手術内容を記載したものです。なるべくわかりやすく書いたつもりです。もしよかったら一度、目を――」

「もう結構です！」と真紀は振り払った。成瀬の手からファイルが落ちる。「もういいですから帰ってください！」

「秋山さん……」

「帰って！」と真紀は成瀬を玄関から外に押し出した。

目の前で閉められたドアに、成瀬はため息をつく。

動揺し、その場に立ち尽くす真紀に夫の和雄《かずお》がそっと歩み寄る。しかし、かける言葉が見つからず、とりあえず落ちていたファイルを拾った。


真紀が思い悩んだ様子でソファに座っている。和雄に車イスを押され息子の和樹がリビングに入ってきた。

「和樹……」

和樹は膝の上に載せていた資料を真紀に渡した。

「俺……こんなにむずかしい手術、受けたんだね」

「読んだの？……」

「今、生きてんの、奇跡じゃん」

「！……」

「お母さんのおかげだ」と和雄が言った。

「え?」

「お母さんも不安だったのに、お前の手術の同意書にサインしてくれたんだ」

「!……」

「そうなの?……ありがとう」

和樹の笑顔を見て、真紀の目に涙があふれてくる。

ひとり悄然と歩きながら成瀬は思う。
毎日が、選択の連続だ。
時には何が正解か、誰にもわからない問いもある。
でも俺はきっと、また同じ問題にぶつかったとき、
何度でも同じ答えを選んでしまうんだろう。

＊　＊　＊

働き方改革で勤務時間が減ることを危惧した美月は、休日や空いている時間帯に別の

救急病院でアルバイトを始めた。

技術もやる気もあるだけに重宝され、自然とバイトの時間が増えていく。その疲労は徐々に美月の身体に蓄積しているのだが、精神的な充実がそれを感じさせなかった。

「朝倉?」

私服のまま自席で寝ている美月に、出勤してきた深澤が声をかける。美月は目を覚ましたが、身体はデスクに突っ伏したままだ。

「ダメだ〜。おなかすきすぎて動けない……」

「は?」

「あ、深澤いたの? 何か恵んで」

「なんでだよ! てか、昨日と同じ服?」

美月は目を泳がせる。

そこに八雲がやってきた。

「若いおふたり、楽しそうでいいねえ」

「院長、お疲れさまです」と深澤が背筋を伸ばす。

「お疲れ。成瀬くんはまだ?」

「いつもギリギリなんで……どうかしましたか?」

「……」

思わせぶりな八雲の沈黙に、深澤と美月は「？」となる。

病院を飛び出した美月を深澤が必死に追いかける。

「深澤、遅い！」

「動けないとか言ってたくせに、どんだけ速いんだよ！　てか、電話すればいいだろ！」

「出ないの！　あの筋トレバカ」

出勤前にジムで身体をほぐすのが成瀬の日課だ。通っているジムは病院のすぐ近くにあった。ふたりはそこに向かっているのだ。

成瀬がジムを出ると、美月と深澤がこっちに駆けてくる。

「なんだ？　ふたりして」

「そ、そ……」

息切れして美月はうまく話せない。

「は？」

呼吸を整え、美月は言った。

「訴訟が取り下げられたそうです！」

「……え？」

「嘘じゃありませんよ」と息を荒らげながら深澤もフォローする。「さっき明侑医大から院長に連絡が入ったそうです」

「！……」

「よかったですね、先輩」

「でも……いったい何が？」と深澤が尋ねる。

成瀬はふたりに答えた。

「べつに何もしていない。ただ……謝ったんだ」

それを聞いて、美月はふっと微笑んだ。

「そうですか」


美月たち四人が初療室で患者の処置に当たっているなか、成瀬がひとりスタッフステーションでパソコンに向かっている。

本郷がやってきて、成瀬の前に封筒を置いた。

「高岡から渡された上申書だ」

「え？」

「お前がここからいなくなった場合、どれだけ作業効率が落ちるかが書かれていた」

「……」

「これは桜庭から」と本郷はべつの書類を見せる。「お前につけたい優秀な弁護士を母親に片っ端から紹介してもらったらしい」

書類には十人以上の弁護士の連絡先とそれぞれの特徴が記されている。

「これは朝倉と深澤から」と今度は資料の束を置く。「裁判の参考に類似の判例を集めてまとめたらしい」

絶句する成瀬に本郷は言った。

「お節介な連中ばかりだな」

本郷が去り、ふたたび成瀬はひとりになる。

初療室に目をやると、美月たちが患者を救おうと懸命に手を動かしている。

「……」


勤務を終えて帰宅した一同が、寮の屋上に集まっている。

「いや〜、よかった、よかった！　ピンチのあとのビールは最高にうまいね！」

缶ビールを手にした桜庭が、いつにも増してニコニコと顔をほころばせる。

「ホント、成瀬がいなくならなくて残念」と幸保がかわいらしい天邪鬼ぶりを見せる。

「成瀬先生、何かひと言ないんですか？」と深澤が振ると、「そうですよ」と美月が乗っかる。「せっかく訴訟取り下げられたのに、もっとうれしそうな顔できないんですか？」

成瀬は手にしたビールを一気に飲み干すと、おもむろに口を開いた。

「朝倉、お前は経鼻挿管が強引すぎる。ブラインドの挿管はもっと患者の呼吸をみろ」

いきなりのダメ出しに、美月は「え？」と固まる。

成瀬は次に幸保に顔を向けた。どうやら全員にダメ出しをする気のようだ。

「高岡、お前は補助換気に力が入りすぎてる。患者の頭を少し右に向けろ」

「はい？」

「桜庭、お前は挿管の判断が遅い。胸腔ドレーンの位置も下方で背側すぎる。中心静脈の穿刺も雑だ。もっと穿刺部位と目標点をしっかり確認しながらやれ」

「……えーっと」

「深澤、お前はいつまでポンコツでいるつもりだ。与えられるのを待つんじゃなくて、少しは自分からチャンスを奪いにいけ」

「……え？」

ポカンとしている四人を見回して成瀬は言った。

「もう訴えられるのはごめんだからな。患者は俺たちに百パーセント完璧な医療を求めてくる。同じ職場で働く以上、お前たちに足を引っ張られないよう鍛えることにした」

「え、ちょっと待って」と幸保は慌てる。「誰も頼んでないけど」

「容赦はしない」

「そんな……」と深澤が情けない声を出し、幸保は「無理」と拒絶する。

「俺、違う意味で寿命縮んじゃうよ」

心臓を押さえる仕草をする桜庭に、成瀬がニヤリと笑う。

「覚悟しておけ」

望むところとばかりに美月が言った。

「先輩こそ、いつか絶対追いつきますから、覚悟しててください！」

＊　＊　＊

スタッフステーションで大きなあくびを連発する美月に、成瀬、深澤、幸保が怪訝そうな顔を向ける。

「なんだ、また寝不足か？」

「ホント最近寮にも帰らず、何やってんだよ」

「まさか……新しい男ができたとか!?」

美月は曖昧な笑みを浮かべて言った。

「ま、そんなところ？　さ、仕事、仕事」

立ち上がった美月の背中に、深澤が力なくつぶやく。

「ウソだろ……」

そのとき、ホットラインが鳴った。

「はい。あさひ海浜病院救命救急センター」と美月が対応する。

「大村消防です。西輪台で重機の誤作動による暴走事故発生。複数名の傷病者です」

「具体的な人数は？」

「詳細はわかりません」

本郷はすぐに判断を下す。

「成瀬、朝倉、出動だ」

「はい」とうなずき、美月は消防に告げた。「向かいます」

深澤が意を決して立ち上がる。

「自分も行かせてください」と本郷に直訴する。「チャンスをください！」

「……成瀬、どうする？」

「足手まといにならないなら」

「なりません！」

成瀬は深澤の目を見て、本郷を振り返る。

「連れていきます」

「よし、行ってこい」

「はい！」

勢いよく駆けだす深澤に、美月が尋ねる。

「どうしたの？」

「俺はチキンでもハムスターでもなく救急医になりたいんだよ！」

「は？」


ドクターカーの後部座席で疲れた様子の美月が目頭を押さえている。しかし、深澤は緊張で隣の美月を気にかける余裕などなかった。

一時間後、地面に激しく叩きつけられ、ピクリともしない美月をぼう然と見下ろしながら、深澤はそんな自分を激しく後悔することになる。

どうしてこのとき、彼女の異変に気づかなかったんだろう。
初めての事故現場。その悲惨な光景を前に、俺の頭のなかは不安と恐怖でいっぱいで、
周りのことなんかちっとも見えていなかったんだ。
あのとき、声をかけていれば……。
あのとき、手を差し伸べていれば……。
失った命は、もう二度と戻らない——。

CAST

朝倉　美月……………………波瑠

成瀬　暁人……………………田中　圭

深澤　新………………………岸　優太（King & Prince）

高岡　幸保……………………岡崎　紗絵

桜庭　瞬………………………北村　匠海

根岸　進次郎…………………一ノ瀬　颯

益田　舞子……………………野呂　佳代

新村　風太……………………櫻井　海音

嘉島　征規……………………梶原　善

桜庭　麗子……………………真矢　ミキ

八雲　徳人……………………小野　武彦

本郷　亨………………………沢村　一樹

■ TV STAFF

脚本：大北はるか

音楽：得田真裕

プロデュース：野田悠介

演出：関野宗紀、澤田鎌作

制作著作：フジテレビジョン

■ BOOK STAFF

脚本：大北はるか

ノベライズ：蒔田陽平

ブックデザイン：市川晶子（扶桑社）

校閲：小西義之

DTP：明昌堂

ナイト・ドクター（上）

発行日　2021年7月27日　初版第1刷発行

脚　　本　大北はるか
ノベライズ　蒔田陽平

発 行 者　久保田榮一
発 行 所　株式会社 扶桑社
〒105-8070 東京都港区芝浦1-1-1 浜松町ビルディング
電話　03-6368-8870（編集）
03-6368-8891（郵便室）
www.fusosha.co.jp

企画協力　株式会社フジテレビジョン
製本・印刷　中央精版印刷株式会社

Printed in Japan
ISBN 978-4-594-08928-3